昭和と歌謡曲と日本人

阿久悠

昭和と歌謡曲と日本人 † 目次

第一章　めぐりゆく季節

第三章　愛しい人間の愛しいいとなみ

第四章　この広い空の下で

第一章　めぐりゆく季節

元日の朝

　ぼくたちは実に貧しく、それこそ食うや食わずの時代に成長した運の悪い世代であるが、そのぶん、かけがえのない恵みを貰《もら》っている。想い出である。物質で不自由をかけたぶん、取るに足りない記憶を光り輝く想い出に変える技術を、神様が与えてくださったのだと思う。全く何ていうことのない普通以下の出来事を、こんなにも長い間忘れずにいて、豊かな情景を思い描いてさえいるのだから、運のいい世代なのかもしれない。

　元日の朝の一景などは、セピア色の映画の場面のように克明に記憶している。おまけにそれには音も匂いも混じり、体感温度までも加わっているのである。五十年前を昨日のように語れる。

　元日の朝、つまり一年の始まりの厳粛な夜明けが、ぼくたち子どもには何よりも苦痛であった。どこの習慣なのか、何の信条なのか、元日の朝の父は妙に神がかり的で、まだ暗いうちに起こすのである。寝過ごして朝日が昇ってしまうと、まるでもうその一年が無意味なものになってしまうと信じているかのように、叩《たた》き起こす。苦痛なのは眠いということもあるが寒さで、その当時、火鉢以外の暖房器具はなく、その火鉢にもやっと炭火をおこしたばかりで、とても布団をぬけ出す暖気は、部屋に立ち込めてはいなかった。

そして、ただ起きるだけでなく、わが家はわが家なりの式事を行うというのだから、耳や鼻がちぎれそうに寒い井戸端で顔を洗い、口をすすぎ、それから大急ぎで、枕もとにたたまれていた一張羅を着るのである。

母は、こんなぼくたちよりは一時間以上も早く起きていて、雑煮の仕度《したく》をしている。驚いたことに、既に正月用のいい和服を着ていて、神々しささえある。それを見ると、ぼくたち子どもも、早起きや寒さの恨みがましさは忘れて、気持ちのいい緊張を感じ始めていた。そうこうするうちに、父が和服を着て正面に座る。「始めるぞ」と言う。それに対応するために母はいい和服を着ていたのだと、妙に感じ入ったりするのである。

母がオセチ料理のお重を公開し、お雑煮を椀に盛る。丸餅で醤油味、大根、ニンジン、小松菜、鶏肉が入り、青海苔と花鰹《はなかつお》が彩る。これもまたどこの言い伝えなのか、ニンジンが太陽で、大根が白雲で、青海苔が海なのだと説明される。ぼくは長い間、日本中お雑煮はそういうものだと信じていた。

障子がオレンジ色に陽《ひ》に染まるのを待っていたかのように、父が「おめでとう」と発声し、わが家の一年は始まるのであった。およそ家のことは何もしない父が、正月の行事に関しては受け持つものがあって、障子の貼り替えと、料理では田作りをホウロクで煎《い》ることで、これは母にはやらせなかった。障子貼り替えなどは職人のように見事で、たるみもなくピンと貼る。それなら、いつもやればいいものを、これが正月に限ったことで、だからこそ、値打ちが感じられた。

銭湯の帰り道

学生時代のことである。昭和三十年に上京しているので、それから数年の間のこと、ちょっと前の東京の風景や生活ぶりを、思い描いてもらえるとありがたい。

終戦から十年が過ぎようやく廃墟から脱し、昭和三十一年には「もはや戦後ではない」と経済白書が一区切りつけた頃であるが、まだ貧しかった。しかし、誰もが貧しいので、貧しさを恨まずに済んだ貴重な時代である。

そもそも、日本が金持ちだとか豊かだとかは思っていなかったわけで、意識としては世界の最貧国と考えていたから、ちょっとでも金があったり、物があったりすると、僥倖《ぎょうこう》のように感じていたのである。

時代の風からいうと、エルビス・プレスリーのロックンロールが衝撃的に上陸し、マンボ族とか太陽族とかが新風俗と新道徳を撒き散らし、ぼくらもかなりその気になって、貧しさの中でのオシャレを心掛けていたのだが、それは外での姿、下宿に戻ると昔ながらの学生であった。

つまり、銭湯へ行く時の風体を見れば一目瞭然で、トックリセーターの上に綿入れの半纏《はんてん》を着、靴下を足袋に換えて下駄を履く。それで、左手に石鹸箱を摑《つか》み、右手にタオルをぶら下げただけで行く。行きは乾いたタオルがヒラヒラと揺れているが、帰りには濡れたタオルが重く垂れ、時には、下宿までの道中でカチンカチンに凍ってしまうことがあった。棒のようにに立つのである。ぼくらは、タオルが凍ってピンと立つと、二月を意識したものである。

とにかく、東京は今よりもずっとずっと寒かった。気象庁の人たちには異論があるかもしれないが、体感の記憶でなら、今の仙台ぐらいの寒さがあったと思っている。十一月にはもう重い外套を着て外出していたし、映画館の床は靴底を着けていられないほど底冷えしていたし、都心でも舗装からはずれたところの黒土に霜柱が立っていたし、要するに、冬は早く訪れ、長く居つづけ、そのピークが二月であった。

カチンカチンに凍ったタオルをトーチのように立てて歩いたのが、ぼくの二月である。それは立春でにぎわうことも、七日の誕生日に祝福されることもなく、とにかく暗く、寒い青春の記憶であるが、妙にユーモラスな光景とも思えるものである。貧の中のユーモアを手に入れたことは極上の幸福だ。

さて、銭湯は十五円が十六円になり、大学を卒業したあとに十七円になった。その風呂の帰りには、卓球場へ寄るか、貸本屋でベストセラーの小説を借りるか、よほど寒いと、ストーブの火の目立つ喫茶店へ入り、しばらく湯冷めを温めなおす。そして、同宿の友人と、「夏の暑さも死にたいけど、冬の寒さはもっと死にたいなあ」なんてことを、それほど本気でもなく話し合い、鼻の頭に皺を寄せて笑っていたのである。季節とそんなふうに正対できたのは幸運でもあったと思う。

春の訪れ

体質的に寒いのが駄目で、冬の間は行動半径も狭くなり、思考の範囲も縮こまり、ひたすら、この季節が過ぎ去るのを待つような気持ちになる。そして、何の根拠もないのだが、不運に見舞われたり、不幸がやって来るのは冬に違いないと思い込んでいる。

そのくせ、書く詞というと冬の景色、冬の気分のものが多く、たぶんそれは何らかの代償行為かなと思ってしまう。辛《つら》さ、悲しさ、儚《はかな》さ、厳しさ、切なさ、いずれの感情もヒリヒリ感じる。体質的にといったが、ぼくは、テレビの画面で吹雪の風景を見ているだけで、風邪をひきそうになるのである。

そんな冬嫌いであるから、数年前には、「春夏秋秋《はるなつあきあき》」などという詞も書いた。〽ああ　私もう　冬に生きたくありません　春夏秋秋　そんな一年　あなたと過ごしたい……という詞である。もっとも、この詞における冬は、現実の四季の冬というよりは、人生の冬の時代という意味の方が強いかもしれない。

ぼくは小説もたくさん書き、そのテーマの四分の一くらいは、日本の戦後とぼくの少年時代を重ね合わせたものである。記憶をまさぐりながら書く。記録よりは記憶を大切にして書こうと思っている。記録は確認のために用いるに過ぎない。

記憶が重要で、それは脳に刻まれたもの、皮膚感覚が忘れずにいるもの、心が条件反射で震えるもの、さまざまである。いずれにせよ、体感の記憶を大切にする。

少年の物語であるが、ぼくの小説に登場する主人公は、実に老人のように季節の変化に敏感で、昨日と違う今日という感じ方をする。少年が老人のように季節を愛《め》でるのは、大人たちが季節どころではない飢餓と戦う生活をしていたからである。それで、ぼくは、少年にその役目を与えた。少年は四季と一体で花や虫のように日常そのものであったのである。その少年の目が倍の大きさになり、耳がパラボラアンテナのように開いて、自然の色彩と音色を感じとろうとワクワクするのは、冬から春へ一日にして変わる時のことである。

瀬戸内海に面した海岸の町で幼少期を過ごしたので、ぼくは、風の音で季節を知る術を知っている。秋から冬は少し絶望的に、冬から春は希望的に感じる。

冬の真っさかりには北西の風が吹いているので、終日ゴオーッと鳴りつづけている。雨戸に風の塊と、風が運んだ小砂利がぶつかる。それがある夜止《や》む。ピタッと止んで静けさが訪れ、その静寂にかえって目がさめてしまう。

しかし、その翌朝の雨戸を開けた時の感動は忘れられない。一夜にして冬が去り、春が訪れたことがわかるのである。空の色が違えば、海の色も違う。風の向きも変わり、鼻の頭をかすめる匂いは甘くなる。そして、一面の菜の花の満開に、その朝初めて気がつくのである。だから、三月は、そのときめきを書かずにはいられない。

桜の花

今年は花が早い。花が早いという日本語が正しいかどうか、ちょっと疑問のところもあるのだが、いずれの花も開花の時期が十日ばかり早いようである。

わが家の庭に河津桜があって、これが二月半ばに咲き始め、三月半ばまで春一番にも散ることなく、まるで芝居のセットのようにあでやかさを誇るのであるが、今年は二月アタマに咲いて、末に散った。早いのである。

二月中旬の満開となると周辺に花が少なく、そのせいかどうか、メジロの一群がやって来て、蜂のように羽撃《はばた》きをしながら蜜を吸う。チュウチュウとにぎやかである。そのメジロたちを追い払うようにヒヨドリが入り込み、桜の花の中で争いが始まるのだが、多勢に無勢か、小さいメジロが大きいヒヨドリに結局のところ勝つ。これらもこの季節の楽しみであったのだが、今年はどうしたことか、メジロもヒヨドリもやって来なかった。鳥たちのスケジュールよりも、花が早く咲いてしまったのかもしれない。

妙に淋しいものを感じ、メジロたちはどうしただろうかと案じていたら、ある日東京へ出掛けるために家を出て坂を下ったら、途中メジロの一群に出会った。わが家の河津桜を目指すまでもなく、手近にいっぱい蜜のある花が咲いていたということらしい。

気象庁の予報によると桜前線の北上もいつになく早く、東京でのソメイヨシノの満開も、もしかしたら三月中にと言っていた。今年の新入社員は花見の場所取りの苦行から解放されるかもしれない。四月一日出社なら花の盛りが過ぎているということになる。

花が早いにはそれなりの理由があるのだろうが、そのことによって、メジロやヒヨドリの予定が狂ったり、人間の行事に変更が生じたりするのは面白い。いや、面白いだけではなく、貴重な想い出に欠落部分ができたりする。

たとえば、小学校の入学式に桜がないとかなり淋しい。ぼくのイメージでは、四月の七日とか八日とか、新入学の子どもたちが校門をくぐる時には、大抵校庭の桜が満開で、祝福の昂《たかぶ》りを覚えたものである。緊張もあったし、晴れがましさもあった。

また、校庭での式典の終わりごろ、なぜか一陣の風が吹いて、桜の花びらを吹雪のように散らしてしまう幻想を与える。この世ならざる思いに、子どもたちは呆然とする。しかし、その呆然から覚めた時、桜吹雪の並木路を遠ざかって行く両親の背中を見て、身震いする戦慄とともに、自立の誇らしさも感じたものである。

桜の仕掛けた催眠である。とにかく、桜の花というのは幻妙な花で、人間にさまざまな暗示をかける。新入学の小学生に自立の心を錯覚させる手品を見せたかと思うと、花見の客には限りない猥褻の歌を怒鳴らせる悪戯をするのである。人間は桜以外の花の下で猥褻な歌はうたわない。

ゴルフ始め

まことに横着なゴルファーで、冬は寒いから厭《いや》、夏は暑くて楽しくないと逃げるので、ゴルフコースに出て行くのは一年の約半分であった。そのいい季節でも、誰と一緒になるかわからないコンペは好きじゃないし、仕事が立て込んでいる最中は困ると言っていたら、さらに半分になって、最盛期でも年に二十回と行ったことはなかった。上達する筈《はず》がない。打ちっ放しは端《はな》から嫌いである。そこそこのスコアでラウンドしていたのが、アッという間に凋《ちょう》落《らく》してしまった。

ゴルフの話を書くつもりではない。「ゴルフ始め」という季語があってもいいなと思っただけのことで、そういうことで言えば、ぼくのゴルフ始めは五月である。どうやら、ゴルフをスポーツとも勝負事とも考えていないところがあって、ただひたすら、目にしみる緑と花まじりの薫風を恋するようなところがある。

仲間うちには、白球と芝のラインだけが目に入り、風景すらもコースとしてのデザイン以外に見ない熱中者がいるのだが、ぼくの場合はまったく逆で、景色と人の姿のみを見ている。最初からそんな感じではなく、懸命にスコアに挑戦し、勝負に拘泥《こだ》わった時もちょっとあったのだが、すぐに空しくなり、ゆったりと過ごすことを目的にするようになった。

仲間たちは、「昔は、まるで、隠し砦《とりで》の三悪人のようにフェアウエーを闊歩《かつぽ》していたのに、近頃はもっぱら、小津安二郎映画のように、晩春、麦秋、秋日和という感じですね」と笑うのである。ゴルファーから見ればかなりの侮蔑的感想なのだろうが、ぼくは気にしていない。闘争心は示さないが、行儀がいいので結構じゃないか、と思っているのである。ゴルフぐらい風流がいい。どうせタイガー・ウッズにはなれないのである。怒ったり、嘆いたり、拗《す》ねたり、荒れたりするよりは、ゆったりと楽しみ、人を愛する時間を持つことの方がよほど貴重である。

五月のゴルフ始め、家を出て、目が痛くなるような緑の中をクルマを走らせ、猫のように風の匂いを嗅いでいる時間が好きである。時々、第一打が当たるだろうかと不安になるが、それもすぐに忘れる。気分が勝つ。

当然のことに山に野に路傍に花がある。つつじがあり、菖蒲《しようぶ》があり、藤も目に入る。空は晴れ上がり、鯉幟《こいのぼり》が泳ぎ、矢車が回っている。そして、いつの頃からか、幅の広い岸から岸へロープを渡し、何百かの鯉幟を集団でなびかせるのが流行してきたが、それもいい景色として眺められる。

　そんな気分で約一時間、目的のゴルフ場に到着した頃には、すっかりやさしいいい人になっていて、「健闘を祈ります」などと強く手を握られても、フニャッとした笑顔を返すだけなのである。風流にやりましょうと言う時もある。

　ぼくは昨秋手術をし、今年の「ゴルフ始め」は五月ではなかった。まだ始まらない。

サッカーが生活に溶け込む日

六月はサッカーの季節である。何しろワールドカップの開催国で、日本の各地で戦争に匹敵する試合が行われるのだから、無関心ではいられない。日本代表が勝つかどうかにもかかってくることだが、日本人は生まれて初めてサッカーを体験することになる。これは間違いない。

ということは、今まで、あまりサッカーを体験していないことになる。つまり、日本の風景と日本人の生活の中にサッカーが混じっていないということである。

野球だと、それがある。陽の落ちかけた河川敷で、半分シルエットになりかけた少年たちが、白球を必死に追っている姿は風景である。風景が試合に優先していて、母親がやって来て夕餉《ゆうげ》に呼ぶと、その都度人数が減っていく。九人が八人になり、七人になり、するともう試合として成立しないのが本来なのだが、そこはそれ風景が優先する世界だから、守備が五人になっても終わらない。

日本という国での野球は特異なもので、このような風景としてのスポーツとして成立しているが、これが全世界を見渡すと、サッカーということになる。どこの国の少年も路地をドリブルで走るし、少年が二人になるとボールの奪い合いになる。それが生活の風景であり、風景としてのスポーツである。

まだまだ日本のサッカーはよそ行きの感じがする。話題にするのは試合の形になってからで、それは常に立派なスタジアムで行われる。河川敷の夕景や路地裏のドリブルといった微笑ましき想い出やイメージと、まだ重ならない。歴史がないということだろう。

Jリーグという形でプロが誕生して日が浅い。地域密着をめざして、それはそれ効果もあげているが、まだ生活そのものになることを要求するのは酷かもしれない。強かったり、カッコよかったりする前に、普通の存在になることが大切であるからである。

しかし、それが皆無ではない。ぼくでもこういう体験がある。あれはJリーグがスタートした年、協会の人に招かれて鹿島アントラーズのホームタウンへ観戦に出かけたのだが、その時、いい風景を見たのである。あれはまさに人々の生活であった。

七時からのキックオフに合わせてクルマで行ったのだが、スタジアムが近づいてきた道中で、何とも嬉しい人々の姿を見たのである。もう陽は落ちて薄暮の状態であった。やや遠景にスタジアムの照明が見えるが、近くの道路は暗い。そこへベルトコンベヤーに乗るように、人が入ってくるのである。急ぎ足である。そして、それぞれが二つ折りにした座布団のようなものを抱えている。それが一人二人ではなく、何百人の単位になってスタジアムへの道を急ぐのである。ぼくはこれに似た光景を見たことがあった。少年の日、芝居を見に出かけた人がやはりこのように座布団を抱えていた。その時の人々も、やはり生活を愛する心の弾みが感じられた。

七夕の願いごと

ぼくらは生まれてから十年が過ぎるまで、自分のことを神にお願いしたことのない世代である。何しろずっと戦争の中にあったわけだから、日本が勝ちますようにとか、兄が手柄を立てますようにと祈ることはあっても、子ども自身の希望を誰かに託すということはなかったのである。

八歳で終戦。自分の欲求を抑圧する空気こそなくなったが、同時に社会から希望も消えてしまい、やっとささやかな願いが許されたのが十歳になってからということである。

終戦の年はもう七夕が過ぎていたし、そうでなくても、七夕祭どころの話ではなく、次の年かその次の年、教室で竹に五色の短冊を提げ、それに願いを書き込むという行事を経験する。本来なら、裁縫が上手になりますようにとか、筆字が立派に書けますようにと書くものだと先生から教えられたのだが、ぼくらは、「平和日本」とか「新日本建設」とか、「仲良く勉強出来ますように」といった建前を書き、そうね、いいことが書けたわねとほめられる道を選んだ。

実際は、もっと切実に食べたいものとか、手に入れたい必需品があったのだが、それを全員がワッと願っても、神様もなかなか大変だろうと思っていたのである。いや、子どもどうし願いの抜け駆けをやろうとしていたのかもしれない。

夏の空をふり仰ぐと天の川が白く流れ、そこを渡って年に一度、牽牛星と織女星が会うのだと星のロマンスを教えられ、へえとか、ほうとか言って聞いていたが、そんな思いで天空を見るというのも初めての体験であった。大抵は、B29爆撃機が編隊で飛び、ぼくらは顎《あご》が外れるほどに口を開け、圧倒的な威容に仰天していたのである。

それでも二年過ぎ、B29爆撃機から牽牛星と織女星への切り替えは、実はたやすいことなのだが、そこに願いごとが絡むと、また別の意味を持った。ぼくら少年少女は、短冊のぶら下がった竹を校庭に立て、星の祭を祝いながら、それぞれが書いた願いごとの嘘を悲しく思っていたのである。

願いごとは叶う筈がない。願いごとが叶った人を見たことがない。第一、願いごとを叶えてくれる力のある人は、ぼくらの近くにはいない。戦いに敗れた国の、貧しく飢えた子どもたちはそう思っていたのである。

子どもたちは、よほどの願いがあると、星や天空の神に対してではなく、占領軍の最高司令官であるダグラス・マッカーサー元帥にあててハガキを出した。それが一時期流行した。拝啓、マッカーサー元帥様。日本の田舎の少年にグローブをください……。

それから五十五年過ぎ、全国で七夕祭は豪勢にきらびやかになり、何十万人、何百万人の人を集めるようになっている。それもいい。しかし、ぼくら、願うことを知らなかった世代は、校庭の貧弱な竹飾りとそこに書かれた文字を、今も切なく思い出す。

ラジオの声、けだるい午後

早朝に露をおいて華やかに咲いた朝顔の花が、真夏日のカンカン照りにややぐったりと萎《しお》れた頃、どこの家からも高校野球中継のラジオが聴こえて来る。色艶を失った朝顔と、絶叫のアナウンスの取り合わせがよく、それに油蟬のジイーッという鳴き声でも混じると、子どもながらに平和な夏の日を感じた。

ラジオが置かれた部屋の窓を開け、外を歩く人に聴かせるかの如く、ボリウムを上げている。それが一軒の家だけのことではなく、どの家でもそうで、何ともいい気分になるのであった。たとえば平和といったような。

その頃の道路は舗装などしていなくて、夏のそんな日盛りを歩くと、運動靴の爪先にホクホクと砂埃が立つ。それでも子どもはなぜか外を歩く。今思い起こしてみても、何の用があって暑い中をうろうろしていたのか不明だが、きっと何かがあると感じていたのだろう、よく歩いていた。そして、垣根越し、朝顔の柵越しのラジオの高校野球中継に足を停め、ほんのしばらく、アナウンサーの絶叫が鎮まるのを待つように、耳を澄ませていたのである。どこの高校が勝とうが負けようがよく、アナウンサーの興奮の意味がわかれば、安心して歩き始めるのであった。

町であったのに、夏の午後、人の姿を見かけることはなく、白く光る道と陽炎《かげろう》が揺れる地平、そして、ただラジオの声だけが絡み合いながら流れている。無人の町、人々はどこにいるのか、それは例外なく午睡をとっているのだと察しがついた。

夏は暑いもので、暑いと体がだるく、だるいと眠くなり、眠ると畳の上に人型の汗を流す。要するにあの頃、きっと日本人は栄養不足であったのだろう。酷暑に耐えられる体力がなく、実に開けっぴろげに寝ていたのである。無防備といおうか、おおらかといおうか、子どもたちの性教育の教材になりそうなあられもない寝姿もあれば、一家そろって心中のように眠っている家もあった。

そのだるい眠い状態と、高校野球中継のラジオをかけっ放しにしている因果は、今考えてもわからない。生きていますという証明のためであったかもしれない。まあ、それはともかくとして、誰もがそうしていたのだから、きっと心地いいものがあったのであろう。町を歩きながら、見るともなしに竹簾《すだれ》のかげの座敷を見ると、間の抜けたリズムで揺れている団扇《うちわ》だけが、けだるくけだるく見えたりしたものである。

　さて、夏は暑いものである。これを金や科学で暑くないものにしようとするから、風流を失う。風流をなくしては四季がある意味がない。風流とはやせがまんの別の呼び方で、辛いことを、結構いいものですよ、なんてことを言ったりする。その代わり、季節からご褒美をいただける。夏の想い出だ。

　そう思ってぼくは、去年からわが家の冷房装置を全廃し、タラリと汗をかきながら、高校野球の日々の詩を書いている。

赤とんぼと彼岸花

九月、というよりは秋を色彩で表すと、ぼくの場合は、小さな赤ということになる。夏の終わり、既に人気《ひとけ》の少なくなった海岸に、白いパラソルをさす佳人がいる風景があって、それに小さな赤が絡む。赤とんぼである。その頃の海はクラゲばかりで、とても泳げるものではないのだが、海自体はまだ眩しくて、感傷に満ちた人の心を惹《ひ》きつけるものはある。白いパラソルの佳人なども、まるで絵のような構図にスッポリと嵌《は》まる人で、ぼくはなぜかパラソルをさす女性にコンプレックスがある。美しく、しかも、淋しげに感じてしまうのである。子どもの時からそうである。原因はわからないのだが……。

その佳人のパラソルに赤とんぼがとまり、砂を蹴ちらしながら歩く女性とともに移動する。それを見ると、ぼくは、どんなに晴れて、どんなに暑くても、秋が来たと感傷的になったものである。ちょうど思春期の入口であったせいかもしれない。

赤とんぼは麦わら帽子にもとまり、人の肩にもとまり、理由はよくわからないが、群れからはぐれて人間に接近して来る奴が時々いる。中には飛ぶのに疲れたので、人間を利用して移動しているかと思えるのもいるが、横着さばかりではないであろう。

そこにちょっと詩を感じる。昔の少年は、将来詩人になるなんて思わなくても、日常で結構詩人をやっていたのである。白いパラソルと赤とんぼと思春期の感情が、淡白な油彩画のように心に浮かぶのであるから、今の時代よりずっと豊かに思える。初恋は大体その世界で終わったものである。

秋を表す小さな赤には、赤とんぼの他にもう一つあって、彼岸花である。兄の遺骨を戦友だという人が持って来てくれたのが、終戦の年の秋である。兄は終戦の一カ月前に戦死した。秋の一日、近くの寺で供養をした。お葬式はいつか本籍地の宮崎で盛大に行いましょうということになっている。いつかとは、世の中が敗戦の混乱からもう少し立ち直ったらということで、来月とか、来年ということではない。ずっとずっと先になるかもしれなかったのだ。

それまで待つわけにはいかないので、とりあえずの供養である。家族と数人の知人だけが寺へ集まり、坊さんのお経を聞いた。そこでぼくは大失敗したのである。

どうしたことなのか、その日のお経の節回しはおかしかった。上手下手は子どもであるぼくにはわからないが、妙におかしくて困ったのである。それが非常識であったり、非礼であることは承知していたのだが、こらえようとするとさらにおかしく、とうとう途中で吹き出してしまった。戦死の公報であれだけ泣いたぼくが、供養途中で笑い出すとはどういうことだろう。寺を飛び出すと、彼岸花があった。ぼくは一本を根から抜き、季節の秋と心の秋をともに感じ、大泣きしたのである。あの赤も九月の色だ。それも小さな。

在来線の車窓

長年運転をしてくれていた秘書が二年前に死んでから、ぼくは、伊豆の自宅と東京の仕事場やオフィスへの交通の手段が変わった。行きは電車、帰りはハイヤーである。当初は熱海まで妻の運転かタクシーで行き、そこから新幹線を利用していたのだが、ある時、スーパービュー踊り子2号というのを使った。これがよかった。

何がよかったかというと、在来線のよさである。新幹線に慣れ、高速道路に馴染んで何十年か、すっかり車窓から過ぎ去る景色に見入るという行為を忘れていた。それに気がついたのである。

在来線の窓には街があり、人があり、時刻があり、季節がある。まるで生きた歳時記のような情景が、走馬灯かのぞきからくりのように流れるのである。その流れる速度が心地いい。はっきりと物の形をとどめたまま過ぎて行くのである。新幹線では景色は、走査線の乱れたテレビのようになり、電磁波に邪魔された映像のように散るのである。

秘書の死も衝撃であったし、生活のパターンが変わるのも困ったことであったのだが、在来線発見はぼくにとって思いがけない幸福であった。何もぼくたちは、弾丸のようにふっ飛んで移動する必要はないのである。空気や風に馴染みながら、マラソンランナーよりも速ければよい。たとえば、スーパービュー踊り子2号のスピードでも、充分以上に快速である。快速の下限は人間の暮らしや季節のうつろいまで感じられるのだから、云うことはない。

伊東を出発して熱海までは、やや高いところを走る。自動車が走る道路は海岸にあるのだが鉄道は高い。かなり下方の海の色を車窓に頬杖つきながら眺めていると眠くなる。そのうつらうつらの気分の中で、この海岸線に松並木がつづいていたら、如何《いか》なるリゾートの設備よりずっと集客の魅力があるだろうに、惜しいことをしたと思ったりする。松並木は多賀の町にちょっとあるだけである。

そもそも日本の海岸線の景色は、白砂青松紺碧《こんぺき》の海でなる。ぼくが生まれ育った淡路島もそうで、高校がセンバツ高校野球に出場した時、白砂青松紺碧の海の三色旗を作り、応援したほどである。ぼくらはそれが淡路島が全国に誇るものだと思い、応援には誇りの象徴の三色旗を打ち振ろうと胸を張っていたのだが、日本中がそうであったのである。どこも砂は白く、松は緑、海は青かった。

それが、紺碧の海がまず汚れ、汚れた波に洗われた白砂が灰色になり、青松も色を変え、もはやかつての三色旗で日本の海の景色を誇ることは出来なくなったのである。

松の名所が松食虫にやられて真赤になり、「さすが観光名所、こちらでは松も紅葉するのですな」と皮肉を云ったという誰かの言葉を思い出す。十月の車窓で何を見、誰の言葉が頭に浮かぶだろうか。

鬱捨てて　在来線の窓光る

「陽だまり記念日」と文庫本

人間は大勢でいるとにぎやかで、一人でいると淋しいと思いがちだが、必ずしもそうではない。人間の内なるところで感じる孤独とか寂寥は、環境としての人間の数は関係ない。祭りのように騒いでいても淋しい時はあるし、公園の彫像のようにポツンといても、満たされていることはあるのである。

特に十一月、それを感じる。青年の頃ぼくは、十一月に限って陽だまりを探して歩き、そこに身を置いて本を読むのを楽しみにしていた。陽だまりが嬉しいのは十一月である。陽だまりの値打ちがある。

十月は年によっては十日近くも夏日があったりするが、そんな年でも、菊が話題になり、時に目にし、匂いを嗅ぐことがあり、そして、文化の日が過ぎたりすると、風が変わる。ただし、陽があると心地よく、その中で過ごしたくなるのである。これが十二月になると、いくら明るい陽のある日でもさすがに空気が冷たく、外にいることがもの好きになってしまう。

だから十一月の特権である。

ああ、今日はいい日だな、陽だまり記念日になるなと思える日があって、ぼくは文庫本を二冊ばかり手にして都電に乗り、日比谷公園あたりに出掛けたものである。

気取っていたわけではない。ポーズを考えてしていたわけでもない。季節とのつき合い方は、たとえぼくが青年であったとしても、なかなかに味のあることをやるもので、人にも似合う、季節にも似合う、ともに似合いそうなことをやっていたのである。

さて、文庫本である。その後ぼくも作家になり、ぼくの著作で文庫化されたものも数十冊になるが、それも含めて今ある文庫本と、ぼくが公園の陽だまりまで持って行った文庫本では、性質が違うように思う。自分の作品をも軽々しく見るようで口惜しいが、かつての文庫本というのは、サイズの問題でも、お徳用という方便でもなく、ステータスを感じさせるものがあった。

だから、青年のぼくが陽だまりを探して公園へ行く時手にする文庫本は、ちょっとした資格審査があり、手軽ではあるが内容の重々しいものを選んでいたようである。

陽だまりと文庫本。そこに青年が絡む。ベンチにきちんと腰掛けて読む者もあれば、芝生に寝そべり、両手を伸ばして文庫本を高く掲げ、足は組んでいる者もいる。木に凭《もた》れて長い時間読みつづける者もあれば、なぜか歩きながら読んでいる者もいる。

この光景は今はない。ヘッドホン・ステレオを聴く人や、物を食べつづける人はいるが、本を読む人を見ることは少ない。ところでこの光景は貧しく思えるか、豊かに思えるか。ひょっとしたら貧乏くさいと吐き捨てられるかもしれないが、ぼくにはとてもいい。詩に書きたいような、絵にしたいような、小説の一景に持って来たいような場面に思える。そして、仮に青年のジャケットが貧しくても、文庫本を読む姿に豊かさを見る。

紅白歌合戦を家族で聴く

大晦日の絶対の家庭行事として、紅白歌合戦があった。それはまさに至福の時として存在した。いろいろあった一年の、いろいろあった家族が、この時間に顔をそろえられることが、何よりの幸福であったのである。そして、それは、日本中どこでもがそうであったのではないかと思う。

昭和二十九年を思い出す。紅白歌合戦は第五回目で、前年からテレビ中継も始まっていたが、わが家ではまだラジオであった。なぜその年を特別に思い出すかというと、家族全員がそろってこの時間を待つというのが、最後になるかもしれないと思っていたからである。

年が明けて、春には、ぼくは大学生となる予定であった。それを待って父は警察を退職して、生まれ故郷の宮崎へ帰ることになっていた。母と妹は当然のことに父に従って新生活を始めるのであるが、姉はもう大人で、神戸で働くと言った。それまで何があっても家族は一体であったのが、それぞれがそれぞれの生き方を志すと、たちまちにバラバラとなる現実に、当人たちが驚いていた。

　普通に考えると、次の年もまた、今度は宮崎の家で顔をそろえて、紅白歌合戦が聴けるのであるが、家族の胸の中では、このまま東京、神戸、宮崎と別れてしまう不安も、芽生えていたのである。だから、その年は意味があった。

　放送は九時十五分からであった。かつての大晦日はたいへんに忙しく、今年を終わらせる行事や仕事もたっぷりあったし、来年を迎える行事や仕事もそれ以上にいろいろあった。ということは、主婦である母はもちろん、姉も手伝うし、父も役目を負っているし、そのあおりで子どもたちに至るまでバタバタと慌しく、やっと九時近くにそれが終わるのである。

　それから、少々小ざっぱりとしたものに着更《きが》え、いくらか固い姿勢で卓袱台《ちゃぶだい》を囲むのが、紅白歌合戦放送開始の直前で、「ああ、間に合った。よかったねえ」と、おたがいに和んだ目で見つめ合い、安堵《あんど》するのであった。

　あの頃の紅白歌合戦は、まさに家族の幸福の秤《はかり》であったといえる。落ち着いて聴くことが出来れば幸福、そうでないと、いくらか波風が立っているという判断をしていたようである。

父は酒を呑《の》む。ぼくらは火鉢に掛けた網の上で餅《もち》を焼く。そして、重箱に入りきらなかった御節《おせち》料理を大皿に盛り、お正月のお裾《すそ》分けをいただく感じで食べる。その時でも、目は茶簞《ちゃだん》笥《す》の上のラジオを見ている。

昭和二十九年の紅白歌合戦は、司会が高橋圭三と福士夏江アナウンサー。あの美空ひばりが初出場の年で、江利チエミ、雪村いづみと三人がそろう。当時は今と違って、歌謡曲の他にオペラやシャンソンや、ジャズの人気者も顔をそろえていて、ぼくは、その年のものでは、春日八郎の「お富さん」と、藤原義江の「鉾《ほこ》をおさめて」を覚えている。

第二章　風と光を感じて

十二月の雪

十二月九日に雪が積もった。東京では珍しいといってもいいかもしれない。全く気持ちの上でも無防備であった。

その朝、早く家を出ることにしていた。午前中にある賞の選考会が開かれるので、それに間に合うようにと、七時には起きたのである。庭が白かった。一瞬目を疑ったのも、気持ちの無防備のせいであろう。まだ降るものもあって、間違いなく雪であった。

わが家はかなり山側にある。いろは坂は大仰だが曲りくねった急坂で、雪が積もると車が出せなくなる。歩くと駅まで四十分かかる。雪で足許《あしもと》が悪いと一時間になるかもしれない。そこで、これは上京は無理だなという判断をした。こればかりは仕方がない。難行苦行でも駅まで歩けというのも考え方だが、何しろ一年以上の闘病生活のあとの体である。許していただくしかない。

それでも、東京がピカピカの晴天だと説得力を持たなくなってしまうので、テレビをつけてみると、宇都宮、八王子、水戸など、大正時代以来の十二月の雪だといっており、東京都心でも白くなっている風景が映し出された。これでようやく、雪のため欠席というのが伝わるような気になり、それから急いで、選考会で発言するつもりであったことを文章にして、賞の事務局にファクスで送った。

それにしても、暖冬と呼ばれるようになってから久しいし、ここ何年も十二月に雪をイメージしたことはない。かつては、十二月に北風に混じって風花が舞うことがあったし、屋根に積もった雪を二階の部屋からすくって、コンデンス・ミルクをかけて食べた記憶もある。しかし、最近では地球の軸にブレが生じたのか、十二月は冬というより、晩秋のつづきのような感じであった。

ぼくらは、クリスマスという行事を、いつの間にか自然に受け入れるようになり、すっかり馴染んでしまったが、それもイメージごといただいたようなところがある。聖夜に雪はつきもののように考えているが、しかし、めったなことにホワイト・クリスマスということは、少なくとも東京ではないのである。

だが、人々は雪を想う。おそらく、幼児期に見たウォルト・ディズニーの漫画映画か、懐かしのフランク・キャプラ監督のハートウォームな映画の一場面か、聖夜というと雪が降る。

その画面の中の窓の灯《あか》りの暖かさ、人の善意のぬくもり、人間とはかくもやさしくなれるのだと、歌が流れる。そういったものが同時に伝えられていたということだろう。

聖夜には雪が降る。雪が降ると手も心も凍る。それを温める光も火も窓の向こうにある。窓を開けて声をかけるのは、人間の大いなる善意である。たぶん、そうつづくのであろう。イメージとは面白いもので、実際には十二月の雪を体験したことがないのに、多くの作詞家は詞の中に雪を降らせ、絵本作家も白い絵を描くのである。

それにしても、九日の雪は早過ぎた。

冬の誕生日

立春と建国記念日の間に、ぼくの誕生日がある。二月七日である。二と七という数字は気に入っていて、ラッキーナンバー扱いをしているが、二月の誕生日はどうもあまり好きではない。春とはいえ現実の季節は確実に冬の中にあり、むしろ、最も寒い時期である。気のせいか祝福されない感じがして仕方がなかった。

もちろん、そんなことは何の根拠もないぼくのイメージである。他の二月生まれの人たちは他の月と変わりなく、家族や友人たちの祝福を受けているに違いない。当然のことである。ただ、ぼくは寒いと喜びが遠ざかるとどこかで思っていて、そんな時にお祝いの場を設けて引っ張り出すのは気の毒だと、勝手に感じているのである。

二月生まれは頭がよさそうなイメージがある。自分でいうのも妙だが、冴《さ》え冴《ざ》えとした感性の持ち主が多いと信じている。ただし、愛嬌に乏しく、妥協性に欠ける。孤高などという言葉が好きである。そして、自分のことは自分で計画を立て、きちんとやる。これが資料になるかどうかわからないが、ぼくの知っている同月生まれの人は、大体がそうであった。

ところで、ぼくの血液型はA型であるが、このA型の特性を見ると、奇妙にぼくが感じた二月生まれの特性と一致するところがある。とすると、愛嬌のなさや妥協性に欠けるところが自乗《じじょう》されるということか、せめて、冴え冴えとした感性とやらの自乗ならいいのだが、どうであろうか。

ぼくの阿久悠というペンネームの由来は謎で、いろんな人がいろんな解釈をしてくれる。「悪友」のもじりがいちばん多いが、魯迅の「阿Q正伝」から取ったとか、I like youに違いないといわれたが、二月生まれは水瓶座、アクゥエリアスを名前にしたのですねと、ロマンチックな解釈をしてくれる夢見るような女性詩人もいた。

まあ、それはそれ、いずれにしても立春と建国記念日の間に訪れる自らの誕生日を、あまり祝ったことも、祝ってもらったこともない。ぼくが、いいよ、必要ないよといいつづけたからで、いつの間にかわが家では、ぼくの誕生日が過ぎるのを息を詰めて待つような状態になった。過ぎて何日かして、ああ、誕生日だったんだなあとぼくがいったり、妻がいったりする。そんなことだから、仰々しく祝うはずの還暦祝いさえパスした。もっとも、この時は理由がはっきりしていて、赤いチャンチャンコを着せられるのは厭《いや》だと、宣言したからである。

　それから五年が過ぎて六年目に入るのだが、さて今年の誕生日はどうすべきかと考えている。別に気弱になったわけではないが、昨日と違う特別の一日を設けてもいいような気がする。そして、鼻をクンクンさせながら、寒風にかすかに混じっているはずの春を、見つけるのもよいか、と思ったりする。

北緯三五度

　特に寒い日が戻ることはあっても、空気も風も草の色もおおむねは春と感じられる好天の日、ぼくは庭に出る。すると、冬の間見えなかったものが見えてき、聴こえなかったものが聴こえてくる。これは季節の変わり目のいちばん幸福なところで、そんな時、季節に無関係のものに目を奪われたり、ヘッドホンで耳を塞《ふさ》いでいてはもったいない。

　視覚に訴えるものは小さな花の色のつつましやかさ、草の芽の初々しさ、芝の根の奥にひそんで本格的な春を待つ緑。聴覚を刺激するものは、まずは風の音、そして蜜を争って戦うメジロとヒヨドリの罵り合い、鶯《うぐいす》の親と子の鳴き方の特訓である。

　今の時代、これは貴重で、贅沢なことであると思える。ただし、このことは、庭があるとかないとかの問題ではない。誰でも自然に対して心を開きさえすれば、都会の中でも体験出来ることである。おやりなさい、窓を開けて、風を入れて、光を感じて。

　ところで、今日書きたいことの主だったことはそれではない。もちろん、……ぼくは庭に出る、……見えなかったものが見えてくる、というところまでは、書き出しの文章のままである。それでは何が見えるかというと、唐突だが、北緯三五度の線である。

ぼくはかなり以前から、北緯三五度がわが家の庭を通過していると信じ込んでいるのである。はっきりいうと、松本清張さんが「Dの複合」という推理小説を発表してからである。その時閃《ひらめ》いた。そして、ときめいた。

この小説、北緯三五度線に沿って事件が起こり、そして、この線上に浦島伝説や羽衣伝説が集中しているという謎に満ちたものである。さらにこれに東経一三五度線が絡んでくるのだが、これはこのさい省略する。小説の中の口絵がわりに地図が出ていた。三五度線と一三五度線を知らせるためのものである。

北緯三五度線――房総半島館山市の北にまず線が通っている。それを西へ辿《たど》り、相模湾をつっきると伊豆半島にぶつかる。そこが伊東市の宇佐美で、これがぼくの住んでいるところである。見覚えのある宇佐美海岸の地形と、地図上で三五度線がクロスするところを重ねると、どう考えてもぼくの家の方向を指しているように思えたのである。何度見てもそう見える。そして、三五度線は伊豆の西海岸寄りの大仁町を通り、駿河湾を縦断、羽衣伝説で有名な三保の松原を通過し、さらに西へ伸びていくのである。

ぼくは一つのロマンとして、ぼくの家の庭の上を東から西へ、一本の見えない線が貫いているのだと信じた。いや願った。それが春の日のいい気分の時に幻想として見えるのである。素晴らしい。そして、必ずしも幻想ではないかもしれない希望が湧いてきた。ある人が親切に測定してくれて、ピッタリとはいえないが許される誤差の範囲、「うちの庭の上を」と思ってもいいでしょう、ということであったのである。ぼくには見える。

五十年前の春

ある日、二十五年も前の、ぼくがナビゲーターをつとめたＴＶドキュメントのビデオが届く。資料館に入れることになったものを、ついでのことにダビングしてぼくに提供してくれたものである。

熱狂する高校野球の一面を描いたもので、圧倒的優勝候補の有名校と、初出場の無名の県立校の一戦の、試合までの周辺の人間ドキュメントを縦糸に、横糸はぼくがかつての甲子園のスター選手に、「甲子園の土」の行方を訊《たず》ねる番組である。

ぼくは、小倉高の福島、徳島商の坂東、三池工の上田、三沢高の太田を訪ね歩き、あなたにとって甲子園の土とは何か、そして、今、それらはどういう存在かを訊《き》く。そして、有名校と無名校の甲子園の一戦は、無名校のスタンドで応援する構成のものであった。

二十五年前であるから、当然のことにぼくは四十一歳で、まだ若い。驚くほど若くて、まだどこか不良の匂いさえ残していて、懐かしくもあり、恥ずかしくもあった。

妙なことがあるもので、届けられたビデオで二十五年前の若い自身や、高校野球の熱狂をある種の感慨をもって見つめていたら、同じ日、一通の案内状が届いた。これは二十五年どころか、五十年前からの手紙である。そして、これも甲子園の高校野球に関係があった。

五十年前、ぼくが高校二年になったばかりの春、ぼくの高校は選抜高校野球に初出場、大方の予想を見事に裏切って、奇跡的に優勝したのである。兵庫県も淡路島にある県立の洲本高校で、とにかく驚いたし、驚かせた。一回戦から優勝候補を引きあてた不運に、ぼくらは虚無的と思えるほど苦笑していたが、やってみるとこれを完封、その後は、女神でも背負ったように勝ち進み、誰も信じなかったことが起こったのである。

さて、案内状は、優勝から五十年になることを記念して、選抜の期間中にパーティーを開く、ついては、ぜひとも出席をというものであったのだが、あいにくスケジュールの都合上、出席は不可能であった。ぼくは、まだ寒そうな窓外の景色を見やりながら、残念ながらと返事を書いた。

そして、五十年前の豪雨で中断した強豪浪華商業との決勝戦の様子を、思い出した。春とはいえ寒く、雨はやみそうもなかった。それでもみんな熱狂して応援歌を歌っていたが、ぼくはどうせ中止だろうと思い、球場を脱《ぬ》け出して映画を見に行った。映画に夢中の頃だったのである。しかし、映画の途中で気になって、売店のおばさんに野球はどうかと訊ねると、再開したというので大慌てで甲子園へ戻った。その時ちょうど優勝が決まった瞬間だったのである。

ぼくは、そんなことも思い出したので、「五十年前の春、雨の決勝戦は、ぼくに日本一の可能性を教えてくれました。感謝します」と電報を打った。

売れなかった歌

日本画の題材に似合いの石南花《しゃくなげ》が咲いている。今年は例年よりも花の量が多い気がする。一本の木に、飾り和菓子が押し合いへし合いしている感じなのである。こうにぎやかだと日本画にはどうかと簡単に撤回する。その花が強い雨に打たれて、ドサリドサリという感じで落ちた。

強い雨が降っているのは日曜日で、煙霧のような白っぽいかすみの中の花を見ながら、ぼくは歌を聴いている。いずれもぼく自身が作詩をしたもの五十曲である。それも奇妙なコレクションで、「なぜか売れなかったが愛しい歌」、ごていねいに、阿久悠ヒットレスコレクションと副題まで付けてある。

これは販売を目的としたものではなく、あくまでもぼく個人が聴くために、私家版としてダビングして貰《もら》ったものである。どうして、そんな売れなかった歌を五十曲もわざわざ聴いているのか、その事情と理由を書く。

ぼくは、インターネット上にホームページを持っていて「あんでぱんだん」という。あんでぱんだんは独立のフランス語であるが、それはこのさい関係ない。ぼくは、ホームページを交流の広場というより、発信のステーションと考えているので、作品を次々と発表していくことを義務としている。原則として一週に一度新しい原稿を入れる。あとの作業はスタッフがいて、レイアウトも打ち込みもやってくれる。ぼくの役は創作である。

ニュース詩を百篇になるまで連載して、そこで出版し、その次に「あまり売れなかったがなぜか愛しい歌」というエッセーを五十回つづけて、これも一区切り、出版の話がまとまった。出版の段階で「なぜか売れなかったが愛しい歌」となる予定である。

これはタイトル通り、自作の中で意あまった結果か、時の味方を得られなかったせいか、思ったほどに売れなかった作品への、愛と情熱の不思議なオマージュとして書いたものである。作品への、人への、時代への愛が満ち満ちている。愛しくてならない。

そのぼくの熱意を感じとったスタッフが、それならと五十曲を集めてくれて、雨降る日曜日の朝に届けてくれたのである。これをすぐにも聴いてみる気になったのは、案外、石南花がドサリドサリと落ちたことと関係あるかもしれない。人の心の反応と体の動きは、天然自然とそういうかたちで連動する。だから、予定が変えられるのである。雨もいくらか関係があるだろう。

ところで、ぼくは、なぜか売れなかった五十曲に、この十倍も百倍も売れたヒットコレクションよりも強い満足を覚えているのである。時代に蹴とばされて売れなかった歌も、時代を蹴とばして売れなかった歌もある。いずれにしても媚びなかったり、へそ曲りであったり、純粋過ぎたりして売れなかったのだが、それは誇りともいえる。だから、心にしみる。春の盛り、花散る雨の日曜日、ぼくはある時代のぼくに出会い、嬉しかった。

小鳥の情報

かつて、まだぼくが少年であった頃、時々天下を揺るがす大事件は起きるものの、日常はおおむね平穏で、善意に満ちていたと感じるのは、情報が限られていたせいかもしれない。つまり、天下に関わりのあること以外は、あまり克明には伝えなかったということである。殺人事件もあっただろうが、現在のテレビのように、微に入り細にわたり、加害者も被害者もともに、いいことと悪いことを含めて、あからさまにすることはなかった。

また、人々も、自分の周辺の事件以外は、それほど興味を示さなかった。だから、世の中は善意に満ちていたと記憶しているのかもしれない。ごくごく特定の悪人以外は、すべて善人であった。

ところが、今は、情報に人並の関心を示すと、この世には、善意も善人も存在しないかのような気分にさせられる。事件だけではなく、テレビに登場する不行儀な人々、無神経な人たちを見ると、はっきりいって、人間嫌いになってしまう。

もう少し日本人は、理性で動き、知性で語るものではないかと思うのだが、その逆の人々ばかりがテレビの中を闊歩《かっぽ》している。こんなことなら、かつてのように、天下の大事以外は何も知らせてくれない方が、幸福ではないかと考える。知るとか、知らせるとか、理屈を立てれば重大なことに違いないが、知らせろ、知らせなければならないと権利や義務で武装するほど、立派なことばかりではないと、そんな気になる。

季節は初夏に近くなり、南の方はもう梅雨入りで、妙に鬱陶しい日がつづくものだから、ついつい腹立つことが多くなる。ニュースもザワザワと背中を悪寒が走る種類のものばかりで、人々は顔を合わせると、「一体どうしちゃったんだろうねぇ」と言い合う。「厭だねえ」と死にたそうな顔もする。

そんな時は仕方がないから、新聞をたたみ、週刊誌を伏せ、テレビを切り、つまり、かつての有視界生活の時代に戻って、庭でも見るしかない。きわめて諦観的だが、人間がいなければどこでもが絶景であり、情報がなければいつも善意を信じられるのだ。

さて、庭だ。こればかりは人の心を裏切ることなく季節とともにある。たった二カ月で、すべての木が緑でふくらんでいる。庭を包み込んだようになっている。芝生の上を今まで見たこともない小鳥が歩いて、コツコツと何かを啄《ついば》んでいる。これはつい先日までなかった光景で、小鳥たちは庭の上をかすめて飛んではいても、決して芝に下りることはなかった。巨大犬がいたからである。

その巨大犬が四月に死んだ。すると、さまざまな種類の小鳥がもう安心して、芝の上で遊び始めた。そういえば、犬が死んだ二日後に、猫が悠々と歩いていたのを思い出す。

あきらかに、「犬死す」の情報が小鳥や猫たちの間に流れた様子で、ぼくはまた、情報の日々の想いに引き戻された。

梅雨と台風

梅雨どきだから、当然のことに雨が降る。同じ雨なのにこの時期のものには爽快さがなく、体の芯までけだるさがしみる感じがする。シャキッと立っていることが出来なくて、すぐに横になる。すると、もう二度と立てなくなるのではないかという虚脱感につつまれ、いいかいっそこのままカビてしまおうか、という気になるのである。学生時代などがまさにそうであった。

もっとも最近では、さすがに、そこまで横着にも虚無的にもなれない。いっそこのままカビてしまおうかが、死んでしまおうかになりかねないからである。それが怖くて、少々のけだるさを感じても、背を伸ばし、胸を張って、仕事をしている。

ところで、この原稿を書いている今、台風六号の余波であるのか、強風が吹いている。雨も強く降ったが、夜明けとともに風だけになった。

梅雨どきの台風は発生しても大抵は中国大陸に進路を取る。めったに日本列島にそって進むことはない。それは、この季節、偏東風が吹いているからだと聞いたことがある。それで絶対にやって来ないと思い込んでいたら、どうしたことか、今年は梅雨のさ中だというのに何度もやって来る。

大体今の世の中、どうしたことかが多過ぎて、ちょっとした異変でも、この世の終わりに繋がるのではないかと考えてしまう。アゴヒゲアザラシが東京近辺の川に現れるのも、春先のボラの騒ぎも、どうしたことかのうちに入る。だから、梅雨どきの台風もこれと同じで、悪い予言でなければいいがと考えてしまうのである。ただ、台風だから、雨もけだるさの類では全くなかった。

そんなことをあれこれ思ったあとで、そういえばこの頃、歌謡曲の詞の中に雨をあまり見なくなったなと気がつく。正しいデータによって語っているわけではないが、昔のように「雨」が歌の大テーマであるとは思えなくなったのである。

人間と自然が常に一体となるようにして暮らしていた時代は、雨は雨で終わらず、風は風に限らず、人の感傷を語る言葉であったはずである。しかし、現代では、いや、最近ではと言い換えよう、雨に思いを託すという迂遠《うえん》な感情を持たなくなったということかもしれない。生活が便利になり、雨が、恵みに思えたり、枷《かせ》になったりということがなくなり、ドラマの役に立たなくなったからか。

ぼくも、〽雨々ふれふれ　もっとふれ　私のいい人つれて来い……と「雨の慕情」に書いてから二十三年、「突然雨が降ると」というロックの詞を書いたぐらいの記憶しかない。後者の詞は、突然の土砂降りに男が勝手に走り出し、その薄情ぶりを女は正体を見たと怒っている歌で、雨の情緒ではない。

しかし、人間、日々の暮らしの中で、雨や風と心を重ねながらもの想うことが、もっともっとあっていいと思うのである。

熟年太陽族

真夏の過ごし方をすっかり忘れてしまった。海へも行かないし、山へも行かない。ただ、テレビの前の二畳ばかりを座敷牢《ろう》のようにして、真夏を過ごしている。高校野球のためである。ぼくは今年で二十五年も、一日一篇の感動詩を書く仕事をしている。

感動は突然起こり突然去るので、全部を見ていなければならない。それで座敷牢状態になるのである。要するに手を伸ばして届く距離に、必要な物を全部置いて、テレビに対面し、甲子園に同化しているわけである。

畳二枚の座敷牢の中には、枕があり、タオルケットがあり、お茶のセットがあり、お菓子か果物があり、それに、情緒的スコアブックと称するメモ帳や、過去の高校野球の記録集、その日の新聞、さらに、「日記力」と自賛しているダイアリーが置いてある。

二年前まではこれに、二十本入りのアメリカ煙草のラークが最低三箱と、洗面器ほどもあろうかと思えるガラスの灰皿があったのだが、これが消えた。大病をきっかけに禁煙をしたからである。禁煙というと如何《いか》にも苦しげで、また、努力の結果のように思えるが、ぼくの場合、頭の中のスイッチを切るように、最大百本喫っていた煙草をやめることが出来た。何でもなかった。あまり上手くいったので、「頭のスイッチ」という本でも書こうかと、冗談で話している。冗談ではあるが、これはプラス思考、あるいは、プラス志向に通じる。

甲子園の高校野球は八月の真中のお盆を跨《また》いで、二週間行われる。入場式には入道雲が立ち、陽炎《かげろう》が揺れているが、閉会式には鰯雲《いわしぐも》が流れ、赤とんぼが飛んでいる。つまり、真夏に始まって秋のけはいの中で終わるので、感傷が一入《ひとしお》である。

さて、真夏の過ごし方をすっかり忘れてしまったというのは、終わった途端に秋が来るという巡り合わせと関係がある。たった二週間の経過の中で季節が一つゆき過ぎるわけだから、やれやれ甲子園からも解放された、残りの夏を海で遊ぼうかという気持ちにならないのである。これは不思議なもので、たとえ現実が三十度を超える真夏日であったとしても、座敷牢を出たばかりのぼくの目には、少しばかり寒さの混じった秋に見えるのである。

それで、二十四年間夏を忘れている。決勝戦が終わり、アナウンサーが、「それでは、また、来年夏に会いましょう」と弔辞のように叫ぶと、突然ヒュッと風が吹く思いになるのである。今年もそうだろう。

夏を忘れて年齢を重ねてしまって、ギラギラの夏との馴染み方も思い出せない。二十四年間ポカッと抜け落ちているものだから、イメージ的にはぼくの夏は、まだ太陽族の名残りが生きている。仮に高校野球を見ることをやめ、炎暑とともに海へ飛び出す機会を与えられても、帰って来た太陽族のようで笑われるかもしれない。それもかなり切ないので、やっぱり、テレビの前の座敷牢にいよう。

秋風よ……

今年は、暑中見舞いとか残暑見舞いの類が届かない。これだけ冷夏のけはいが漂っていると、出す方も迷うだろうし、受ける側もとまどうということなのだろう。何しろ、夏の盛りにあって、長袖シャツを着る日が何日もあったのである。「暑」という字で見舞われても、答えようがなくなってしまうのである。それで慣例として出す筈《はず》であった人も、ちょっと考えたのかもしれない。

しかし、だからといって、律義に毎年のこととしてお伺いを立ててくれた人のことを、悪く思ったりはしない。むしろ、寒いの、暗いのといって愚痴りっぱなしの世の中には、常識で攻めてくれた方が安心するかもしれない。今は夏だ、だから暑いんだ、暑がっているから見舞うんだといってくれる人があった方がいいと思う。暑を避けたり、薄めたりするためのお見舞いより、暑を思い出し、確認するお伺いもあっていいじゃないか。

地球全体が冷えきってしまったのかと思ったら、ヨーロッパなどは熱波につつまれて喘《あえ》いだという。だから、地球的考え方でいえばプラスがあってマイナスがあって、いつも通りということかもしれない。ヨーロッパの人は地球が真赤になっているのではないかと心配し、日本などでは逆に真青に見えるのではないかと怯えているが、そんなことはないようである。

ヨーロッパの熱波のニュースを見て驚いたのは、暑いとなると家の外へ出て、噴水池であろうが、ただの水たまりであろうが飛び込むことである。ぼくなら家から出ないで、クーラーや扇風機のお世話になる。と思っていたら、物識《ものし》りのキャスターらしき人が、ヨーロッパの普通の家庭にはクーラーも扇風機もない、世界中のクーラーの半分は日本で使っていると話していた。本当だろうか。話し方の問題だが、これだと、日本中が独占したために世界にクーラーが行き渡らないと聞こえた。知識の披露は難しい。

世界中のクーラーの半分は日本という話と、真赤な地球、真青な地球というイメージの持ち方はどこか似ている。こんなふうにして安心したり、怯えたりしているに違いない。

ということで、暑中も残暑も過ぎ、ぼくなどは作詞家であるわけだから、唯一の抒情の季節を愛おしく感じながら、秋風よ……と、誰かに何かを届けるつもりの歌を書くのである。

秋風よ、伝えてよ……という気になる。秋風よ、知らせておくれというのもある。

九月が来て、はじめて人間には心というものがあり、それが、損得や自我を超えて、もの狂おしく震えたり、すすり泣いたりするものだということに気がつくのである。気が弱くなったり、恐《こわ》がったりしていることではない。心そのものが敏感になっているということである。しかも、この敏感さは繊細でもある。秋にはそうなる。

人間は、秋のこの頃を無神経に過ごすと美しくなれない、とぼくは思っている。

十月の顔

これはたぶん、ぼくの思い込みか幻想だと思うのだが、夏が終わり、秋の入口の感傷の日々が過ぎ、本格的に秋を思う十月には、男の顔が美しくなる。思春期の頃からそんなふうに思っていた。逆にいうと、大人の男の顔に緊張感が満ち、いくらかの哀しみが見え始めると、ああ秋だと感じていたのである。

秋だと思う材料はいろいろある。人それぞれに優先順位があり、絶対のキーワードがあって、それを目にすると秋のスイッチが入るのである。冬から春への時にもそれと同じような気持ちになるが、この時は訪れるものが春であり、希望のしるしと見る。

しかし、本格的秋と認めるものとの遭遇は、冬への身構えが働いて絶望とはいわないが、緊張を強いられる思いはするのである。

まだ枯葉の季節ではないが、それでも青々とした緑とは明らかに違って、葉が身を小さくし、運命の終わりを訴えながら色褪せていると、「もはやそんな季節なのか」と呟きながら、涙の一しずくもこぼす気持ちになるのである。夕方が突然やって来て、黄昏《たそがれ》という言葉が使えなくなるのもこの頃で、大人であれ、子どもであれ、昼と夜の間で風に吹かれて迷い子になりかける。

男の顔の話に到達する前が少し長いが、この季節のことをもう少し。メルヘン的な風景をいうなら、ベレー帽の美少女がチェロのケースを抱いて、坂道を下って来る。その背中を少し強目の風が押し、美少女はなぜか歯を食いしばるというものだが、久しく見なくなった。美少女のイメージが変わってしまったのだろう。それでもぼくはまだ、歌の詞には登場させたいと思っている。

さて、思春期の頃からずっと、なぜ十月になると男の顔が美しくなると思っていたのだろうか。父だったのだろうか、先生だったのだろうか、それとも、名も知らぬ町の人々であったのだろうか。ヘラヘラと笑って過ごしていたような大人でも、この季節には、眉根に緊張を漂わせ、瞳に哀愁を宿し、いつもは半開きの唇をキュッと一文字に結び、発する言葉を最小限にするのである。

それをぼくは、男に課せられた本質的な使命感の重さのせいで、冬場の食べ物を獲《と》りに出掛ける時の覚悟と責任感のＤＮＡが、美しくさせるのだと思っていた。春夏秋は寝てても食べられるが、冬は出掛けて、戦って、獲ってこなければならない、それが男の仕事だと、思春期のぼくはそう思っていたのであろう。それが美しいとも。

しかし、今はそうでもない。ぼく自身が鏡を見つめても、九月と違う美しさがにじんできたとは思えない。ただ普通に疲れ、普通に和んでいる。冬という季節を、使命感を持たずに過ごすありがたい文明とやらは、人間の顔をこんなにも変化のない、甘いものにしてしまうのかと思うと、がっかりした。

いや、自虐的に自分の顔を責めても仕方がない。失礼ながら、みんなそうだ。

小津景色

秋も終わりに近づき、しかし、冬にはまだという頃の、よく晴れた一日などは、妙に哀しい。雲一つなく晴れ上がり、光もたっぷりなのに、その光の粒の一つ一つが弱々しそうな感じがするのである。

葉を落としかけた街路樹を前景として、風景の行き止まりのところに東京タワーが聳《そび》え立ち、それが下から上までくっきりと見えると、これまた、その透明の季節が冬の前ぶれに思えて寂しくなる。

いつもいつもそんなことを気にしているわけではないが、ふと一瞬の風景がそのように思えることがあって、ぼくはそんな時、「ああ、これは小津景色だな」と呟く。昔はそんなことがなかったから、やはり年齢を重ねてきたということだろう。それに気がつくと不機嫌になる。

小津景色とは、小津安二郎映画の中の景色という意味である。ついでにいうなら、東京タワーがくっきりと見えるのは、「秋日和」の冒頭のシーン、ただし、映画では下から上まで一つの画面には収まっていない。

さて、今年は、日本映画を代表する名匠小津安二郎の生誕百年にあたり、小津映画が見直されている。テレビでもBS放送では代表作が次々と上映される。ぼくは全作品のビデオを持っているが、それはそれとして、今放送されているものを、別の作品のような気持ちで見る。そして、翌日とか翌々日に若い人たちと話題にする。それで生き返る。

映画の技法がどうの、演出法がどうのなどということは、今更論議することはない。そんなことより、人間が生活していく上でのちょうどいい人間同士の間合いとか、動くスピードとか、考える姿とか、季節と人生との重なり方とか、行事とか習慣の必要性とかを考えてみる材料にして貰いたいと思う。そこには、つい四十年前まで確実にあった日本と日本人の淡々とした死生観がある。

必ずしも使い勝手がいいとも思えない家の間取りや、家そのものを、不便だと愚痴る台詞が一つもない。家は存在していて、そこで生まれ育ち、子どもたちは成長して出て行き、親だけがまた残るという永久運動を感じさせる。

すると、人間なんて大それたことが出来るものじゃなし、与えられたものを精一杯満喫して、そして、ジタバタしないで死になさいよと、笑いながら語りかけてくる気がするのである。まあ、そこまで思わなくても、日本の景色がいちばんいい姿であるのが小津映画であると、思うだけでもいい。それも景勝地とか、如何にも日本という田舎の景色ではなくすぐ近くに大煙突や東京タワーも見える生活感の中での、季節に馴染んだ人のいる風景である。

それをぼくは「小津景色」と呼び、猛々《たけだけ》しさを鎮めたり、孤独を味方に引き入れたりしている。ぼくらもう少し、ユーモラスに生きてもいい。小津映画にはそれがある。

古本の伝言

古書というほど風格を備えているわけでもなく、稀覯《きこう》本の価値があるわけでもない、ごくごく普通の古本が大事にされている。ぼくらは本やレコードを捨てられない世代であるが、それでも何年に一回かは整理しなければならなくなる時がある。そうしないと、本に埋もれるのである。

整理となると、残して役に立つとか、見栄えがいいとかに基準が移り、何回か整理をくり返すうちに本棚は整然としてくる。そして、如何にも本棚らしくなるが、一向に面白くなさそうになっていく。これは、都市の整備とか、個人生活の進化と似ていて、きれいで立派だが味がなくなるということに通じる。

話が逸《そ》れたが、古本が大事にされているということに戻す。大事にされているのは、何十回もの粛清の嵐をかいくぐって、四十数年生き残った本たちである。それも、単行本ですらない、廉価で読みやすいだけの新書版の小説集で、カバーさえ破れてボロボロになっている。

これが二十冊あまり、何度も捨てられそうになりながら、まあ、これはいいか、残しておいてそれほど邪魔になるものでもないと、ぼくが定めた特別のスペースに置かれているのである。ここまできたら、もう整理されることはない、ぼくと一生をともにするであろう。

このボロボロの新書版のほとんどは、大学の一、二年に買ったものである。中間小説と呼ばれたものの全盛期で、井上靖さんのそのジャンルの短篇集が多く、他に、「戦後十年名作選集」が六巻そろっている。これは純文学から中間小説までなかなかの選《よ》りすぐりで、今でも読むことがある。

本の奥付のところに、購入した日と書店名が書いてあって懐かしい。上京していちばん最初に買った本――教科書や資料は別として――が、井上靖さんの「伊那の白梅」で、昭和三十年六月十日、求む霞書店と書いてあった。昔の霞町、今の麻布の何丁目かに下宿していた時に、無聊《ぶりょう》を慰めるために買ったものであろう。と思うと、その当時の生活ぶりや、心持ちまでが浮かんできて、とても捨てられない本になってしまったのである。

古本が今頃になって、思いがけないことを語ることがある。これも井上靖さんの長篇小説「青衣の人」をパラパラと見ていたら、ぼくの筆跡でない書き込みがあちこちにあって驚いた。ぼくの本を読んだ同宿の友人が書いたことは明らかである。筆跡がそうであるし、こういうことは本当の文学青年であった彼がやりそうなことである。

ところどころ、「こんなところはオレには書けん」と文章への感想があったりするが、その他の書き込みは、ぼくに対する競争心であったり、挑戦状であったりするものだった。もちろん、文学青年としてのである。四十数年過ぎて、友人がこんな意識を持っていることがわかって困惑したが、その友人は二十年も前に他界していて返事はならなかった。

第三章　愛しい人間の愛しいいとなみ

冬の林檎

　冬になると貧乏を思い出す。あれだけ嫌っていた貧乏であるのに、懐かしさを持って胸に戻り、中には愛してやまない場面であったり、幸福の証明であるかのように思えるものまである。人間の想念などというものはかなりいいかげんなもので、あれほど憎悪し、まあ、憎まないまでも困惑し、日々の闘争とさえ感じていた貧乏が、四十年過ぎると光り輝いたり、甘ずっぱい感傷に思えてきたりするのである。

　そういえば、ぼくのある種の小説に、楽しげに貧乏と共棲する青春期のものがあり、その時代と生活を、ぼくよりはるかに若い作家や作曲家に羨まれたことがある。完全に満たされた世代の人から見ると、ぼくの時代の、すべてが不足し、何もかもが未完成というのが魅力に思えたのであろう。「貧乏の話をまた聞かせて下さい。とても面白いから」と言われたことがある。

　冗談じゃない、そんな他人に話して笑わせるような楽しいことじゃない、とぼくはその都度言っていたが、その当人であるぼくが、冬になるという条件付きながら、貧乏の時代の想い出に半ば陶然とするのだから、ちょっと問題である。

現在のぼくは金満家ではないにしても、貧乏ではない。将来が見えなくて迷い子の状態にあった学生時代に比べたら、思った仕事が出来るようになり、それによって名前も知られ、立場も得た今は夢のような状態である筈《はず》である。それなのに、冬になると、「寒いのは大嫌いだね。ご免だね」を口癖のように言いながら、実際は、タバコの吸い殻が卒塔婆のように林立した火鉢や、窓の外で凍ったままになっているような冬の光景を、懐かしがっている。なぜか。

冬の林檎《りんご》

冬になると林檎をセーターで磨き
ピカピカにして飾る
食べるなんてもったいないじゃないか
この部屋でたったひとつ

色気のあるものだから
林檎よ　林檎　冬の林檎
未来を教える水晶玉になってくれ
未来で俺は何をしてるか
ちょっとだけ見せてくれ
林檎よ……

まさに、昭和三十年代初頭、ぼくの学生時代はこんな感じであったと思うが、貧乏の良さがあるとするなら、一つの林檎が飾り物になり、水晶玉になり、やがては、当たり前のように口に入る三役を果たすというところにある。豊かな時代は、林檎は林檎、おそらく林檎の優劣を競う場にさらされて、とても、青年の未来を占ったりは出来ないだろう。

さて、寒いと暖房を入れる。喉がやられるといけないので加湿器を付ける。そして、肩が凝らないようにと一枚薄着にする。申し分のない冬にいて、なお、貧乏が遊んでくれた昔の冬の豊かさを思う。なぜか。

エルビスの春

昨年暮れ近くからぼくは、さかんに「スーパー歌謡曲」という言葉を口にしている。ここ二十年、シンガー・ソングライターの作品が多いということもあるのだろうが、等身大、有視界、自己完結の歌が主流となり、世代を越えられなくなっている。つまり、十六歳の歌は二十歳は理解出来ず、二十歳の歌は十六歳にとっては歌ではないという状況である。

これは少々寂しいし、切ない。同世代内共感を無意味とは思わないが、何も歌まで辛気くさい私小説である必要はないわけで、ちっとは花も実もある絵空事であってもいい。絵空事は意外に真実にぶつかるもので、嘘だ、嘘だ、嘘っぱちだと歌っているうちに、真実がドンと居座る力を持っている。それもまたリアリティである。ぼくが言う「スーパー歌謡曲」とはそういうことで、花も実もある絵空事のパワーで、傲慢な等身大、有視界、自己完結を飛び越えようと思っている。市川猿之助さんの「スーパー歌舞伎」を考えて貰《もら》っても構わない。

年があけて、いろいろ思うことがあり、昨年の暮れからプスプス噴き出しかけて来たことを、形にしようと考える。何かしなければならない。それというのも、二月七日の誕生日が近づいて来ることと関係がある。新年から誕生日まで一カ月少々というのは微妙な長さで、このくらいだと、どうしても、「今年は何をやる」「今年はどう生きる」などと考えてしまうのである。「スーパー歌謡曲」は「今年は何をやる」の中の一つであるが、「今年はどう生きる」はなかなか難しい。誕生日で六十七歳で、常識では、夢は枯れ野を駆け巡るが近いのかもしれないが、ぼくは、いっそ、あのエルビスに出会う方法を考えた方が健全であると思っている。エルビスの春、ぼくは六十七歳になる。

どこでエルビスと出会ったか

倉庫の片隅に
ホコリをかぶったジュークボックス
退屈しのぎに電源入れて
コインを一つ投げ込んだ
ピカピカと光り出す

アームがレコード摑《つか》んでセットする
I want you I need you
I love you Oh! my God
あんたはもしや
エルビス・プレスリー
その色っぽさは何なのだ
倉庫の片隅の
ガラクタみたいなジュークボックス
エルビスが　エルビスが
アア　生きかえる

今年は昨年と違って梅も早かったし、庭に一本ある早咲きの河津桜も蕾《つぼみ》をつけて、誕生日に間に合いそうだ。メジロもヒヨドリもやって来る。それもいいが、わが青春のエルビスを想い出しつつ、「その色っぽさは何なのだ」と言っているのも、決して悪くはない。そうしよう。

春の眼鏡

四十歳になったばかりの時から老眼が始まって、原稿を書いたり、辞書を引いたりに不便していた。それでも遠くを見る分には、視力二・〇を誇っていたので、気が滅入ることはなかった。「はるか」とか「彼方《かなた》」という言葉が好きだから、視力二・〇はありがたかったのである。

それに作家であるから、原稿を書いたり、資料を調べたり、また、自分の時間に本を読んだりするのに眼鏡をかけるのは、ちゃんと仕事をする人の必須の道具に思えるところもあって、若いのに文豪のふりをしていた。

ところが、ある時から、遠くもいけなくなった。ぼやけるのである。人の顔もわからない。パーティーなどで、満面の笑みで近づいて来る人のけはいはわかるのだが、はて、誰か、目の前に接近するまで判然としなくて、困ることが何度もあるようになった。それで、眼鏡を作った。二つになった。

ぼくはそれでも、ぼやけた状態、かすんだ状態を見えないとは解釈していなかったのだが、眼鏡屋さんに言わせると違う。それは見えてないということです、ぼやっとしたまま無意識に推理を働かせていると、脳がクタクタに疲れますと言われたので、遠くを見る眼鏡を常用することにした。

ほんの最近のことである。常用の初日に講演があり、その姿が翌日の新聞に出ると、妻は、まるっきり他人を見たように驚いた顔をした。似合わないわけじゃないけど、と言い訳するが本心はわからない。確かにぼくじゃない感じがしないでもない。

眼鏡を二つ持つ生活が日常になる。どちらも忘れられない。しかも、二つでも足りない感じがしてくる。ぼくは、講演のように人前に出て遠くを見やることもあり、同時に手許《てもと》のメモに目をやることもありという行動の中で、二つをその都度かけかえるのは如何《いか》にも面倒で、とうとう三つ目、遠近両用というのを発注した。かつては不自然に感じたが、今はそうでもない、ごく自然のかけ心地だと言う。まあ、信じよう。

さて、世間は春になっている。明るさも味方をしてくれてか、眼鏡を透《とお》して見る景色は実に鮮明である。光と影が印象派の点描のように粒立って躍るのである。そこで初めて実感として、ああ、見えていなかったのだと、やっと気がついた。

ひるさがり

春にはひとりがいい
わかれを想い出して
セピアの写真の
アルバムめくり
あいつは死んだと涙ぐむ
時は心を削り
体をやせさせる
このぼくも　このぼくも
春に歌って
踊ったことがある
いま　ひるさがり
本読む人でも

まあ、ぼくのかつての友人たちも、こんな気持ちで眼鏡を磨いていることだろう。

桜のトンネル

今年の桜は特別早い。まあ、それはいい。毎年早いの遅いのといっても仕方がない。早い時には早い時の春、遅い時には遅い時の春の感じ方があってもいい。自然を相手につきあうというのはそういうことで、こちらの都合を自然に要求することではないのである。

昨年あたりから、若い人が「桜」をテーマにした歌を歌い、それがヒットしている。長い間ヒット・チャートは英語とカタカナのタイトルの歌ばかりが並んで、詩情の面で少々危ぶんでいたが、最近日本語が多くなってきている。結構である。

そして、「桜」のブームである。たぶん、卒業とか、別れとか、旅立ちという青年の行事に重なる感傷の象徴として、似合いなのであろう。〽さくら　さくら……とリフレインすると一つの風景が描ける。

ぼくは、歌謡曲に使われた言葉に関するエッセーを集めた「文楽《ぶんがく》」という本に、「さくら」という項目を作っている。桜に対するメンタリティーの変化で、結構この花は、景色よりも、精神性として使われたことが多かったというものである。

たとえば、その中にこういう文章がある。

「桜と男を組み合わせると悲壮な美しさになり、桜と女を組み合わせると諦観の哀しみになる。男の散るは死ぬであり、女の散るは捨てるである」

ただし、昨年来の桜の歌の流行りは、悲壮でも諦観でもなく、死ぬでも、散るでもないものであろう。「文楽」の帯の文に、「歌謡曲の言葉というのは、時代という風にぶつける紙ヒコーキのようなもので……」と書いてあるように、二十一世紀の「桜」も、時代の風が上昇気流に乗せたものであろうと思う。時代の風というのはなかなか気まぐれで、何の言葉を選ぶのか、吹いてみるまでわからないことが多いのである。

ぼくらは少年の頃、戦争に敗れて二、三年目の春、ラジオから流れた一つの歌の一つの言葉で、桜への緊張を解かれる。それは、「港が見える丘」（東辰三作詞）という歌の中の、〜チラリホラリと花片《はなびら》　あなたと私に降りかかる……というチラリホラリで、これによって、桜もまた普通の花なのだと思ったのである。

きっと、今の「桜」の歌々も、それに似たような思いがけない働きを果たしているのであろう。

桜のトンネル

旅立つ朝に　桜が咲いた
桜のトンネル　くぐって歩いた
風すこしまだ　冷たくて
陽は春らしく　明るくて
ぼくは今日から　大人になると
瞳に桜を　うつしてた

わが家の庭には、種類の違う桜が一本ずつ六本植わっている。だから、二月から四月までどれかが咲いている。桜には妖精が棲《す》んでいるので、桜を見ると今もって非日常な気持ちになる。トンネルで迷い子になりたい。

青葉のワルツ

　これから半年の間は、瞳いっぱいに木々の緑を映して、ハツラツと過ごせそうな気がする。冬嫌いのぼくにとっては、天国のような季節で、陽光に温められて少し蒸されたような緑の匂いを嗅ぎながら、声ならば一オクターブ高く話すようになる。

　何しろ、一月前までは、華やかなパーティーに出ようが、豪華な宴席にいようが、つまるところ数人が寄り集まって誰が痩せたの、誰が元気がないのの話になり、最終的には無口になっていた。

　特に今年は、ほぼ同世代か数年上かという現役の人が倒れたり、運悪く亡くなったりすることが多く、他人事でない思いが強かったのである。あの人は何歳だっけと話しながら、ピッタリ同年だったりすると、サッと蒼ざめることもあった。

　しかし、冬が去り、春になり、春なのに夏日、真夏日がつづく今日この頃となると、もう大丈夫だろう。人間というのは結構融通性があって、感情でさえ季節によって変換出来る。

同じように訃報を聞いても、悼む気持ちよりも、ぼくの歴史と重ね合わせて評価するという思いが強くなり、可哀相にという言葉さえ捨て、凄いにチェンジする。

ぼくはニュース日記とでもいうべきものをつけていて、日々の出来事や現象や、内外のニュースも詳しく記しているが、その中に訃報もぼくなりの評価で書いてある。

面識ある人のことはニュースの欄から外して書くが、個人的交際はなかったけれど、ぼくのある日ある時の記憶に繋がる存在の人のことは、ちょっとした作品のように書く。

ある朝、新聞の片隅に黒い傍線の入った名前を発見する。数行の文のこともあれば、何段もの解説付きのものもある。ぼくの思いより扱いが大きいものもあれば、小さ過ぎるものもある。それはともかく、こう思う。

その人のことを非常によく知っていた。しかし、その後何十年かめったに思い出すことはなかった。だが、訃報を目にすると、ぼくの青春や人生の記憶とともに、日本という国の歴史に足跡をつけた人だという評価を思い出すのである。だから、日記に書く。決して可哀相ではなく、凄いの評価として。

春にはぼくも大きく元気になっており、道程の中の輝きとして人を見られるのだ。

青葉のワルツ

この季節の雨は
緑の雨
一本の糸のように
天からつながっている
引き寄せたらきみの
便りが来る
俺はもう若いままで
お前を見つめていると
青葉の雨　ワルツで三拍子
心にしみる　シトシトと……

テレビは「立腹箱」で、見ているとずっと腹が立つ。だから、外を見て、もの思う。

猫の壁

猫派ですか？　犬派ですか？　と時々問われる。いやあ、どちら派ということでもなく、その時存在感のある方の派閥に入りますと答えると、大抵は憮然《ぶぜん》とされる。中には明らかに怒っているけはいの人もいる。猫の踏み絵、犬の踏み絵は、答える人の性格や人生観を知ろうとするのか、かなり真剣に迫られるので辛いものがある。

子どもの頃は猫派であった。猫がいたからである。ぼくの小説にも必ず登場する。可愛さもちろんあるが、それよりは邪魔にならない奇妙な静かさというのが、いちばんだったように思う。どう考えても他に取り得がないと作文に書いたこともある。

猫は実に身勝手である。自分が寒かったり、淋しかったりする時には体を寄せてきたり、膝に上がってきたりするが、人間が寒かろうが孤独であろうが、それを慰めようとして体温を与えてくれることはまずない。

それに、猫は何もしない。役に立つという言葉は猫の辞書にはない。かつては家の中の鼠《ねずみ》を退治するという役目を背負っていたが、あれだって人間のためにやったことではないと思う。その証拠に、猫の食事の事情が向上してくると、鼠を気味悪がって避ける猫が増えてきたし、今や、猫の大好物は鼠だとは誰も言わない。

このように、およそ人間との間に具体的なシンパシイが成立しない猫が、「猫は神様です。いて下さるだけでいいのです」というほど愛されるのはなぜであろうか。

これに比べて犬は、実によくわかる。愛には愛で応えるし、期待には成果で応える。犬は犬より人間が好きで、どちらかを選べというと、きっと人間を選ぶ筈である。健気《けなげ》さは涙が出るほどで、それはいじらしさに通じ、心の友だと思えてくる。そして、決して裏切らない。愚かなほどに正直で、「犬はポーカーが出来ない。いい手がくると、ついシッポを振ってしまう」というジョークそのものである。だから、猫派をずっと通してきたぼくが、結構犬派に傾いていることも事実である。しかし、猫から犬に転向したわけではなく、年齢によって、立場によって、くすぐるものが違うということだろう。だから、派閥の踏み絵には答えられないのである。犬がいて猫を生かし、猫がいて犬を生かし、両者がいて人間を生かしているのだ。

猫の壁

月の輝く六月の夜に
猫が壁にむかって
ブツブツいっている
近ごろ美貌がおとろえて
誰も声をかけてくれない
月の青さが腹が立つ
風の甘さもしゃくのタネ
猫の壁に爪のあと
ブツブツブツブツくり返す

猫が壁にむかい、犬が手の甲を舐めると、少々孤独のシグナルらしい。

窓からのスケッチ

この原稿を書いている六月の下旬、ぼくはちょっと日常的でない環境の中にいる。入院しているのである。病気は何で、状態がどうでということを語るのは憚《はばか》られるが、まあ、現実的には楽観を許され、将来的には予断が許されないということである。しかし、病院はやがて出られる。

そういう前提の下に、さて、何を書くかと考える。ぼくは今、ごくありふれた体温とか血圧とかの検査の他、少々の処置をして貰うだけで、一日のほとんどが無為の時間である。本を読みながらウトウトと眠り、目覚めてテレビをつけて、さして熱心でもなく見、それ以外となると、窓から外を見る。

病室は九階にある。大都会ではないので九階という高さは、相当の視界を与えてくれる。くり返すが、大都会ではないので、窓の中には明らかに風景があり、季節がある。ちょうど梅雨の晴れ間、大型台風の接近が噂されているが、まだその兆候はなく、よく晴れている。

緑が多く、その緑に夏の陽《ひ》ざしのような光が跳ねている。そうだ、窓からのスケッチを書いてみようと、そんな気持ちになった。

病室の真ん前、国道をはさんだところに、それこそお椀を伏せたような、別の言い方をすると、「日本昔ばなし」のような山がある。樟《くすのき》か榎《えのき》かそんな木にすっぽりとつつまれ、山の中腹に墓地がある。

墓地の背景だけは竹林で、如何にもサヤサヤと風に鳴る音が聞こえそうである。急な石段が正面にある。さぞやこれは墓参の折に難儀であろうと思ったりする。人の列が連なるのであろうか、それもよき風景の一つに思え、線香の匂い花の香を想像する。

目に入る範囲で、国道と県道がTの字に交叉しているが、県道沿いに、喫茶とお食事という昭和の雰囲気の店と、たこ焼きとソフトクリームの看板の店が並んでいる。その手前、焦げ茶色の大きな屋根だけが見える店があって、黄色く「ラーメン」と描いてあるが、これは一体誰に見せるためのものであろうか。まさか、入院患者を当てこんでのものではないだろうと思うが、そうなのだろうか。

国道沿いには何軒かの旅館が見える。ここは湯の町なのである。さて、方向からいうと富士山が見える筈だがと思ったのだが、どうやら、お椀型の山に伏せられたように見えない。

さて、ぼくのいるところは……？

窓からのスケッチ

季節は季節で　いとなみ
天気は天気で　いとなみ
人は人で　いとなみをつづけ
さらに時間も歩みつづける
ぼくは窓に寄って
心にたかぶりを与えながら
目の澄んだ　心きれいな
詩人になるしかない

アキラの世界

その昔、日本人は、赤ちゃんから老人まで平均して、年に十本の映画を見ていた。これは凄い数字である。最近、映画人口が回復してきて、映画界も明るいという話も聞くが、回復しても年に一本少々というところであろう。年間平均十本、つまり延べにして十二億人近い人が映画館に足を運んだということは、赤ちゃんや老人を除いて、習慣的に映画を見る人ということになると、二十本や三十本は見ていたことになる。ましてや、マニアとなると軽く百本は見ていたであろう。

ぼくが大学生になって東京へ出て来たのが昭和三十年、日本映画の黄金時代がその三年後であるから、ほぼ大学生時代、映画と蜜月で暮らしていた頃になる。まさに、今日も映画、明日も映画であった。

もっとも、あの頃は貧しく、また、社会も若者に対して今のように寛容ではなく、せめて映画館の中で架空の空気を吸うぐらいしか、楽しみがなかったともいえる。そして、十何億かのファンに応えるために映画も玉石混淆《こんこう》、多種多様、どんな要望にも応えられるように、年間五百本以上も作られていた。

その頃、日本の映画会社はメジャーが六社あり、原則として六社間の交流を禁じていたので、その分、それぞれの会社の特色があった。今になって考えると、この六社協定の理不尽さが、逆に楽しかった。なぜなら、その時々のコンディションで映画館を選ぶと、まずそれに応えてくれたからである。

メロドラマと下町喜劇の松竹、文芸とサラリーマン物の東宝、チャンバラの東映、グランプリ狙いの大映、怪奇と戦記の新東宝などが競い、そこへ、日活というのが無血革命に成功した独立国のように誕生して若者の心を荒々しく摑んで、揺さぶったのである。

その日活の封切館が大学から近かったので、ぼくは、大学生活の五分の一ぐらいは、その闇の中で、花火のように弾《はじ》けつづける荒唐無稽の世界を見つづけたのである。芸術性!? リアリティ!? くそくらえであった。石原裕次郎がいて、小林旭がいて、赤木圭一郎がいて、彼らは色合いは違うが、気分はいつも夏で、非日常の楽しみを与えてくれた。ウソッパチの壮快さが何よりだった。

さて、その五十年前の、スクリーンの中にいた人と観客席にいた人が、後に一緒になって歌を創る。「熱き心に」がそうである。そして、今年もまた、小林旭五十周年の記念曲を発売する。「翔歌」という。それはそれ、今一つアキラの世界を書く。

アキラの世界

アキラの世界は
夕やけ小やけ
鐘が鳴るまで
カラスと遊ぶ
アキラの世界は
まんまる月を
スイとかすめて
飛行機で飛ぶ

昭和の詩

昭和が見直されている。ブームといってもいい。そして、一口にレトロという感覚で片付けられないものが、このひそやかな復活には含まれている。何かというと、人間がいて物があり、人間が生きるためにシステムがあったという、人間主役の時代が、まさしく、昭和であったからである。

懐かしいという既視感に近い感覚は、DNAの中に伝えられるようで、全く見たことも触れたこともないものに、不思議に安まる思いを抱くらしい。若い子が、映画のポスターや少年雑誌を見ながら、また、無果汁とことわり書きのある昔風のジュースや、玩具のような駄菓子を口に入れながら、どちらも、一瞬、オヤ、これは、という顔をする。

ケーキでもキャンデーでも、高級なブランド品に慣れて、日頃一人前に通ぶった口をきいている子どもらが、それらを美味だと感じるとは思えない。しかし、彼らの一瞬のオヤという顔は、嘘の顔ではなく、正直に心地いい驚きを表すものなのである。

それがきっと、いつか見たような感じがする無意識の懐かしさであり、無意識の懐かしさが人間を救うために呼び寄せたのが、昭和のある時期なのであろう。

昭和といっても戦前ではない。やはり昭和三十年代、ぼく流にいうと最後の楽園の時代のことである。飢餓からの脱出に希望が持て始め、生きることにいくらかの向上心をプラスするようになっていた時である。

いい生活を夢みているが、それは金満とはほど遠いものであって、身の丈に合った幸福サイズをささやかに描き始めた、愛しい人間の愛しいいとなみが満ちた昭和である。東京でいえば、オリンピックが開かれた昭和三十九年以前のこと、地下鉄はまだ二本だけ、その代わり都内を網の目のように都電が走り、渋滞という言葉は日常ではまだなかった。

今、あたかもテーマパークのように、また、町おこしの一環として復活されている昭和は、飢えの解消から飽満の到来までの約十年といっていい。人間は健気で、慎ましやかで、品性を大切にし、しかも、自分のことをよく知り、社会の中で上手に存在したいと、懸命に常識を守っていた。

小津安二郎映画に使われている中流家庭の持ち家が、幸福の培養器に思える。小津映画に馴染みのない人は、「サザエさん」の磯野家の間取りを想像して貰うとわかる。つまり、人間と人間の間には、心地いい距離というものがあって、それが昭和の貧から富への懸け橋の時代に存在したということである。

昭和の詩

町には暗がりがあった
だから家の灯が見えた
人は港を探す船のように
迷い迷い家へ帰った
妻がいて　子らがいて
いたわり示す言葉が迎えた
昭和　そんな　人の時代

白い彼岸花

九月の中頃になると、彼岸を待たずに彼岸花が咲く。わが家の庭の端っこにも、毒々しいほどの紅で勝手に咲く。これが咲くと、たとえ時期はずれの真夏日でも、秋を感じる。風が無くても頬に風を感じるのだ。

ところで、ぼくの子どもの頃には、この花は不吉な花だと思われていた。大体が田圃《たんぼ》の畦《あぜ》道や川の堤に、妙に真っ直ぐな感じで咲いているものだが、墓地の近辺にもなぜか多く、それがあってか、死者の上に咲くというイメージを持っていた。根を掘ると、そこには必ず骸骨があると、言いふらす子もいたほどである。

別名も恐ろしく、シビトバナとか、カミソリバナとか、トウロウバナとか、捨子花とかと老人に教えられたことがある。

それもあってか、この不吉な彼岸花と曼珠沙華《まんじゆしやげ》が同じものだとは、戦時の子どもは知らなかった。戦前に「長崎物語」という歌が流行して——もっとも、よく知られるようになったのは戦後、「のど自慢」の定番になってからだが——珍しく、〽赤い花なら　曼珠沙華阿蘭陀《オランダ》屋敷に　雨が降る……というのは知っていた。きっと年頃の姉でもひそかにくちずさんでいたのであろう。それ以外に、流行歌の情報はなかった筈である。

で、敵国の一つのオランダの屋敷に咲く花を、何で愛《め》でるのか、愛国幼年としては不思議だったのだが、妙に色鮮やかで、印象的であった。ただし、この花はオランダ屋敷でないと見られないからと思っていたので、何かの折に、彼岸花と同じ花だと知った時には驚いたのである。

彼岸花であれ、曼珠沙華であれ、墓地にあろうが、オランダ屋敷で濡れようが、その色は紅である。赤というより紅の方が似合う。紅だからこそ、骸骨の眼窩《がんか》からスッとした茎が伸びたさまが思いうかび、異文化の中の風景にも違和感なくとけ込めていたのである。そう思っていた。そう信じていた。いや、恥ずかしながら紅以外の彼岸花があるとは、考えてもみなかったのである。

それが、今年、わが家の庭に白い彼岸花が一本だけ咲いた。何も手を加えないのに、何かのメッセージのように咲いたのである。大急ぎで百科事典を開くと、シロバナヒガンバナとシロバナマンジュシャゲというのがあると書いてあった。

群生する紅の中に白が一つあると、これは何の手紙かと思う。さらに、別の日、黄色いのを一本見つけた。ぼくの六十年間の抒情が崩れた瞬間、紅が脇役になった。

白い彼岸花

白く咲いても　彼岸花
赤いとんぼは　やって来る
紅に混じって寂しげに
風にふるえる身であれど
咲きましょう　咲きましょう
歓ぶ人がある限り
白には白の夢があり
白には白の心あり

子どもの遊び

考えてみると、今の子どもたちが、何でもないことのようにして遊んでいるゲームのほとんどは、かつて、国際スパイが使っていたようなものと同じである。

これは子どものゲームに限らず、通信機器から事務機器、家庭電化製品に至るまで、情報局員が自慢気に駆使していたものと変わらない。要するに、過ぎし日のヒーロー、007ことジェームズ・ボンド氏の超近代武器は、世界の冷戦体制の緊張が去ったあと、ぼくのゲーム、ママの道具、パパの必需品になったということだ。

要するに今の子どもは、世界最先端のスパイと同じ生活をしている。大仰にいうと、NASAなどで開発したトップシークレットで遊んでいるということだろう。さて、それが幸福なことかどうか。

これに比べてぼくらの子ども時代は、まことに素朴なものであった。今になって、手造りの玩具を懐かしむ人がいるが、当時は懐かしい対象としてではなく、それしかなかった。遊びを発明し、遊び道具をコツコツ作るしか、遊びと道具の関係は保てなかったのである。

その時代、ぼくは、遊びを工夫するのが結構得意だった。いつ如何なる時にも、どうすれば友人たちを喜ばせられるかと、そればかり考えていた。自分が楽しむというより、誰かを楽しませることが主である。どうやら、この体質は今も変わっていない。

瓦《かわら》の欠片《かけら》をコンクリートでこすって、サイコロ大の物を七つ作り、それでお手玉のように遊ぶコロ、竹ベラを七本で、同じようにお手玉ルールで楽しむヘラ。これらが第二次大戦後第一号の遊びで、やがて、パラパラ映画、糸巻き戦車、輪ゴムピストル、反射式幻灯機と進む。そして、ぼくの作った最大傑作は野球盤であった。

もうレコードが消えかけているから、鉄のレコード針など知る人も少ないだろうが、音の出の悪くなった鉄針を大きな板の上に、パチンコ台のように丸く打った盤である。

それは野球の守備位置のところに一カ所を開けて鉄針の囲いを作り、ビー玉をボールの代わりに打って、その中へ入るとアウトというものである。

これはやってみると実戦さながらに面白く、ぼくらはそれぞれがプロ球団のオーナーか監督かになり、本気でペナントレースを行った。選手はブロマイドである。不思議なことに名選手をボックスに置くと、快打が生まれたりした。晴れれば外で、降られれば野球盤、野球ばかりの民主主義の子に、スパイの生活の子どもはどこか馴染まない。

ああ　野球盤

ビー玉ひねって転がす
ペンシル型のバットで弾《はじ》く
アウトか　セーフか
セーフか　アウトか
時に場外ホームラン
ぼくらは少年打撃王
ああ　オモシロイ　オモシロイ

寅さん景色

思うところがあって、寅さん映画を毎夜一本、二本とビデオで見ている。何しろ、二十六年間にわたって、四十八本も作られた名物シリーズであるから、二本ずつ見ても、二十四夜かかることになる。

思うところがあってというのは、全く思うところとしか言いようのない動機で、ふと、いい景色を見たくなった。ぼくはかつて、「あなたは寅さんを愛せますか?」というエッセーを書いたように、必ずしも寅さんマニアではなかったのだが、その画面を彩る景色の美しさには魅せられていた。日本があった。学術的日本ではなく、非学術的な当たり前の日本の景色が、何とも美しく画面に嵌《は》め込まれていたのである。

そんないい景色に出会いたいと思うのも、年末近く、少々疲労があってのことである。そして、なぜか寅さんのいる景色を思い出し、一本見て、おおッ　これこれ!　と思い、それから毎夜ということになった。カミさんは呆れて、部屋を出て行く。

それはともかく、フーテンの寅さんは、葛飾柴又へしばし羽を休めに戻って来て、オイちゃん、オバちゃん、妹さくら、その夫の博、甥の満男、裏の工場のタコ社長たちと短い日々を過ごしたあと、おおむね、腹立ちまぎれに旅に出る。それが年に二回あって、お盆の前と年の暮、引き止められると、夏冬ともに、商売の書き入れ時に家にいられるかと、理由はついている。

ポンと旅立つと、次なる画面は決まって、夏は青空に入道雲に蟬の声、冬は青空に凧の遊びという景色になり、寅さんが、今旅空の下にあることを暗示する。

このように、この映画は、寅さんが風になって吹き過ぎる、日本の景色というものである。そして、景色というのは名所とは全く別物で、誰にも評価されることなく存在しつづけた、生活の背景であることを感じさせてくれる。寅さんが腰を下ろした路傍の石、寅さんが手を伸ばした柿の実こそが、愛しつづけるべき景色だと語ってくれる。

「あなたは寅さんを愛せますか?」というエッセーは、寅さんを身内として見ても変わりなく愛せますか、という問いかけであったが、景色の中の寅さんの、風になり、雲になりした姿を思いうかべると、「愛せます」と答えられそうである。

寅さんシリーズを全作見ようとする愚行は、これで三度目である。いずれも、多忙な年の瀬だった気がする。本原稿執筆時点で、二十三本見ている。

旅人はつらいよ

傘をなくして　大困り
旅の男が襟を立て
よその軒端《のきば》に　駆け込んだあと
半分湿った　煙草喫う
土産買うのを　忘れたバチか
いやにジャンジャン　雨が降る
雨が降る

第四章　この広い空の下で

冬の探偵たち

冬の歳時記に推理小説を入れたい。探偵小説ならなおいいが、こちらは今のところ、時代おくれの扱いを受けているので、やはり推理小説か。

日本人はそもそも季節に敏感で、冬には冬の、夏には夏の、当然春も秋もそれにそった生き方をしてきた。律義に共棲したといってもいい。それが他の国の文化と違うところで、春、夏、秋、冬の季節の他に、春の上に夏が重なったもの、夏の下に春を巻き込んだものと、季節の変わり目にも、別の感覚を持つ。これを考えると、外国人が、日本人は複雑で曖昧、一向に白黒がつかないというのも当たり前なのである。

せいぜい四季――変わり目がない――、国によっては二季しか持たない人々とは、フィルターの数が違う。それが日本の秀《すぐ》れた文化につながり、知的な人間性の証明になるのだから、何も単純に憧れたり、単純ぶる必要はないのである。

といいながらも現実は、複雑より単純な方が新しいといわんばかりに、単純化教育が進む。

複雑さも曖昧さも蹴ちらかされて、イエスとノーしかいえない人々が満ちてしまった。そこで、一行目の文章に戻り、冬には出来るだけ孤独に推理小説を読みましょう、という提言になる。

要するに、せっかくの四季をタレ流しでつき合わないで、その季節に最も似合いそうなことを探して、季節の中に結び目を作ろうということである。顔の正面だけが熱くなる程度の暖と、ホットウイスキーが一杯あるといい。窓を叩《たた》く西風の音がこんなに効果的に聞こえることはないだろう。

いや、こうなるとやはり探偵小説の方が、いいかもしれない。松本清張物、水上勉物でもまあいいが、それより古い、彼らが唱える社会性と論理性のために、前時代に追いやられた名探偵物が、西風と暖炉とホットウイスキーに似合うのである。そうだ、夜ごとダンディな名探偵に来て貰《もら》おう。

江戸川乱歩の明智小五郎、横溝正史の金田一耕助、高木彬光の神津恭介、坂口安吾の巨勢博士、角田喜久雄の加賀美警部、鮎川哲也の鬼貫警部、少しカビ臭くなっているかもしれないが、探し出し、引っ張り出し、冬の夜長をつき合って貰い給《たま》え。これもまた、日本の季節を日本の季節らしく呼び戻す、一つの手段である。くれぐれも、トラウマとか多重人格とか、今流行の物ではなく、気障《きざ》な探偵に登場して貰うこと。いいかね、××君。

揺り椅子と探偵とウイスキー

揺り椅子にもたれて
探偵小説を読む
犯罪が起こるごとに
ゴクリとホットウイスキー
西風が窓を叩く
鼠《ねずみ》が天井を走る
冬の夜はこれでもまだ長い

口笛吹き

ふと思い出して口笛を吹いてみた。子どもの頃からいい音を出し、旋律も正確で得意だったのだが、スウともいわない。唇が乾いているからだと思い、たっぷりと唾液で湿らせて、いい形の唇をつくり、思いをこめて心の風を送りこんだら、儚《はかな》げに鳴った。

考えてみると、もう四十年近く口笛を吹いていないのだ。なぜそうなったのかわからないが、いい音で鳴らない口笛は、歌を忘れたカナリヤほどに悲しかった。

昔は誰でもが口笛が吹けた。少年の九割は上手に吹いた。一割はどう努力しても鳴らない子で、ぼくらはその子らに、「もうちょっと大人になったらな、いい音が出るようになるよ」と、慰めるような言い方をして、その実少しだけ軽蔑していた。

戦争中は口笛を吹いた記憶がない。それは時勢のせいか、ぼくが子ども過ぎたせいか知らないが、はっきり覚えているのは、戦後の自由な空気の中で不良の気分を味わったことによる。なぜか不良は口笛を吹いた。不良少女でさえ三つ編みの髪を揺らしながら、スウスウと吹いた。それを見て、八歳とか九歳であったぼくらも、肩を左右に揺らしながら、流行歌のメロディをなぞった。

不思議なことがあって、男の子たちは口笛を吹く時、なぜか両手をズボンのポケットにつっこむのである。すると、ますます不良に思え、口笛もマセた音を出して鳴るように思えた。ぼくらはいつも口笛を吹いていた。夜に鳴くと悪霊を呼ぶといって怒られた。

大人の男たちも、自転車に乗っていても、町を歩いていても、口笛を吹いていた。ぼくの学生時代にもそれが普通の光景で、決まった時間に同じ歌を吹きながら銭湯へ行く下宿の学生がいたり、二階家の窓の下で電柱にもたれ、口笛で恋人を呼ぶ色男がいたりした。

そのうち、誰も口笛を吹かなくなった。口笛を吹く人も見なくなったし、ぼく自身も忘れていた。何かが社会に起きたに違いない。何かが口笛をかき消し始め、人もまたその小さな行為に情を託すことをしなくなった。

「悲しき口笛」とか「口笛が聞こえる港町」とか、たくさんの口笛の歌があり、マドロスさんは必ず口笛を吹くものと思い込み、中には、パイプくわえて口笛吹いていてなどと、奇跡的なフレーズもありそうな気がしていた。笑い話にはよく使われるが、ぼくは確認していない。とにかく口笛は消えた。消えるには理由があるのだろうが、誰も研究しない。

哀しき口笛吹き

調子っぱずれの口笛は
夜のピエロの泣き笑い
笑え笑えといいながら
胸の奥では泣いている
風によく似た音もあり
鳥の悲鳴の時もあり
唇なめて　湿らせて
思いの限り　歌にする

春のアタマ

　空気の中に少しずつだが、春が混じる。実際には気温の低い日がつづいているのだが、立春をとうに過ぎたという思いがあるからか、冷気にわずかに含まれている春の粒子を、嗅ぎ分けられるのである。

　咲いた桜もあるくらいだから、急いで芽をふいた木もポツポツある。まあ、そんな景色の中を、ちょっと寒そうな丸刈りの若者たちが目につく。いや、若者だけではなく、ミドル・エイジにもいる。

　どうやら、丸刈りが流行っているらしい。大都会、メガロポリスの土筆《つくし》のようで、これは映像的感覚で見ると、妙にポップな感じがして広告写真のような感じがした。

　気がついたのはぼくだけではなく、とっくに世間の認知が得られているようで、マルガリーマンという名が付いていた。そんな呼び方をするのなら、何も男だけに限らず、男も女も丸刈りにして、男はマルガリータ、女はマルガリーナと言ってもよさそうだが、まあ、それはどうでもいい。別に女性にもおすすめはしない。

それにしても、今の男たちは驚くほどに髪型を変える。昨日と今日で激変する。激変でないと無意味なのかもしれない。微妙な変化では誰も気づかないし、自分だって変わったと思えない。アッと驚く変化を日常に求めているのか、ポニーテールが、ある日色鮮やかに原色に染まり、それが、さらに、極楽鳥のように逆立てたり、そして、丸刈りである。

かつて、髪を切るとか、髪型を変えるというのは女性専用語で、「私は髪を切りました」というだけで、過去との決別とか、生き方の方向転換とか、少し軽目で気分一新とか、そんなふうに使っていた。おおむね、失恋からの再生の儀式である。ただし、男性にそのような使い方をしたことはない。男の髪型など、慎太郎刈りの時と、吉田拓郎の「結婚しようよ」の中で、〽僕の髪が肩までのびて　君と同じになったら……に、アレと新鮮な驚きを感じたくらいであった。

しかし、今は、男たちである。男たちが「髪を切りました」と言う。何かの主張なのであろう。全員が失恋からの再生とも思えないから、自分探しの旅の途中であろうかと思ってみたりする。そして、マルガリーマンを自称する丸刈りは、自己表現の究極なのか、リスタートなのかどっちだろうと、春のある日、おせっかいな感想を抱いたりする。

いずれにしても、丸刈りに暗い時代のイメージが重ならなくなったのは、結構なことだと思うのだ。呪縛は解けた。

春のアタマ

髪を切ったのは
春に気づいたから
新しい帽子に
サイズを合わせるために
くりくりにしたのです
急いで駆けて　帽子がポンと
脱げるようにと……
そんな心の仕掛けです

おーい　さくら

女の子の名前で、「さくら」というのが大人気であるという。女性全般の統計ではなく、最近何年かの傾向がそうである、ということである。そういわれてみると、よく聞く気がする。

子どもの名前というのは実に時代を反映している。あやかりもあるだろうが、時代の飢餓と憧憬《しょうけい》で付けることも多いと思う。

古い話になるが、戦前、昭和十五年が「紀元二六〇〇年」といわれ、国を挙げての祝典ムードの中、「紀」の字を付けた名前が多いとか、昭和三十九年東京オリンピックの年に、聖火の「聖」の字が使われたのも、時代のあやかりの例である。

飢餓とか憧憬を動機に、願望をこめて命名するのも親としては当然のことである。あらまほしき性格と、あらまほしき人生を名前に託す。その場合、飢餓と憧憬は裏表である。

男の子の名前は、タカ派からハト派に移行し、一時期スマートさを求めていたが、それも一巡すると、如何《いか》にも日本男児風のものに変わっていく。「樹」とか「也」とか、映画の二枚目ふうがつづいたと思うと、「輔」とか「平」とか「太」とか、また、「郎」とかが下に付くものになる。

そして、それもまた、基本コンセプトは同じながら微妙に変化させていく。勇壮とか剛毅《ごうき》だけではなく、それに夢とロマンとスケールを加えて、「翔」とか「翼」とか「宙」とかが流行する。武骨さに現代性をプラスしたイメージである。

詳しく統計を見た結果ではないが、感じるところでは、男の子の名前は、純タカ派から強く大きいハト派になったように思う。

さて、女の子はというと、ひたすら夢みる気分の少女コミックふうであったが、外国発音の漢字表記の時代を経て、和風になった。男の子の和風化より何十年か遅れて、「さくら」に到達する。

ところで、不思議なことに、「さくら」は「桜」と聞こえなくて、アクセントは「佐倉」であることが多い。桜は、咲くという発音で入ると普通の桜に聞こえるのだが、昨今流行の「さくら」は違うように思う。

そして、これは、映画「男はつらいよ」のフーテンの寅さんが、妹さくらを呼ぶ発音と同じだと気がついたのである。「さくら」は桜を思い出させずに、倍賞千恵子を連想させるから、時代である。

おーい　さくら

きみが生まれたその朝
パパは安堵《あんど》に顔をゆるめ
病院の庭で体操していた
ママは大役を果たして
はじめてゆっくり眠っている
ああ　パパの大仕事は
きみに似合いの名前を付けること
風が吹いた　白いものが舞った
桜だった　桜が踊ってた
おーい　さくら　思わず呼んだよ

憂鬱のメイ

時間差のあった木々の芽ぶきが、何が早くて何が遅かったかわからぬほどに、そろって緑にあり、空も青く、風もさわやかな最高の季節に、憂鬱が訪れる。五月病といっていたが、ぼくは作詞家であるから、憂鬱のメイという呼び方にする。これなら歌にもなる。

この美しい季節に、何故かくも鬱々と過ごさなければならないかと、経験のある人なら誰でも思うが、おそらくこれは季節に罪はないと思う。

四月から始まる年度のところなら、学校であれ会社であれ、一カ月過ぎた頃合いには、理想と現実の乖離《かいり》に気がつくということである。これが九月新学期であるなら十月病、迷いのオクトーバーということになる。

ぼくにも経験がある。最初は高校へ入った時である。中学までは秀才、天才扱いして貰っていたのが、各中学の秀才、天才が寄り集まる高校では、凡才か鈍才に過ぎないことがわかり、呆然としていた時である。

つまり、天才はともかく、秀才というのは単なる比較の問題で、申し訳ないが周辺が凡才、鈍才なら担ぎ上げて貰える。それが、入学一週間で担ぎ手に過ぎないことがわかり、虚無的になった。

そして、五月、少年ながらも考える。かなり深刻に現状を思う。しかし、どうも天才、秀才扱いに慣れ過ぎていて、今さらドン尻から、努力、努力で先頭を追いかけるのも沽券《こけん》に関わると思ったのであろう、あっさりと学力勝負は捨てた。

そして、誰よりも本を読み、映画を見、流行歌や落語にまで精通したマセた少年になってやろうと、決意したのである。

これがおそらくぼくのいちばん大きい五月病で、落胆の居直りであるが、さて、このことがぼくの人生で幸福であったか不幸であったかわからない。マセた少年の線では、もの書きで何となく上手くいったから幸福ともいえるが、幼稚な決心でそれ以外を捨てたことになるわけだし、どうであろうか。

大学は東京でのひとり暮らしであるから、不慣れな生活に自信をなくしていた。日常の生活をひとりで仕切ることの大変さに、愕然としていたのである。しかし、社会人としては、就職先の広告代理店がよほど珍しかったのか、日々カルチャーショック、日々小冒険の連続のようで、五月は知らない間に過ぎていっていた。

憂鬱のメイ

何処《いずこ》へと　そよ風がたずねる
わからないと　ぼくは答える
それでいいのと　そよ風が訝《いぶか》る
いいわけないと　ぼくはうつむく
五月のある晴れた日
たとえば　憂鬱のメイ
ぼくに似た女の子がやっぱり
何処へと　それでいいのと
そよ風にたずねられてる

猫のうわさ

直立するレッサーパンダが話題になっている。この種のニュースにはすぐに反応する性質があって、思わず頬をゆるめた。写真で見ると、このレッサーパンダの立ち姿が、実に美しいのである。背筋がシャンと伸びている。ふり向いた時の顔と肩の関係がモデルっぽい。あまりによく出来ているので、てっきり着ぐるみの冗談写真だと思ったのだが、ホンモノであることはすぐに証明された。

さて、レッサーパンダが猫の種類に入るのかどうか、よく知られたパンダが大熊猫というから、これも遠い親戚ぐらいにはあたるかもしれない。まあ大目に見て猫であるとして、いよいよ動物の人間化が猫にまで及んできたのかとためいきをつく。猫よ、お前もか。

全地球上の獣類鳥類のほとんどが、人間の近くで生存すると人間らしい行動を取るようになる。たとえそうなっても、猫だけはそうなるまいと思っていた。猫は違う、そう思って尊敬の念を抱いていたのだが、それも崩れたかと、やや落胆しそうになっているのである。

もっとも、レッサーパンダが猫の仲間だと勝手に思い込んで言っているのだが、あれは猫じゃないと猫に言われたら、全くの杞憂で終わる話なのだが……。

いや、そうでもないか。こればかりではなく、愛嬌よく芸を演ずる猫のうわさもチラチラ聞く。現にぼくもテレビで、日本舞踊のお師匠さんの口三味線に合わせて、手踊りする猫を見た。まあ、それで可愛がられ、人気者になっているのだから、猫も幸福、人間も幸福なのだろうが、猫に信仰を持つぼくとしては、ウーンと唸《うな》るところがあるのである。

猫というのは何千年も人間と一緒に暮らしていながら、猫でありつづけ、人間化しないところが実にアッパレだったのである。猫好きはその性質を崇拝して別格のパートナーとし、猫嫌いは同じ理由で敬遠していたのである。犬は涙ぐましいほどの献身を示す。しかし、猫の辞書には献身も奉仕も無償の愛もない。横着で、頑固で、薄情で、常に人間との距離を保っている。

小憎らしい。それなのに滅びることなく人間の近くで生きつづけているのだから、何かある。

人間は今、自らが、犬化することで歓《よろこ》びを得ようとしているが、むしろ複雑な今の世は、猫化して他者と棲《す》み分ける知恵を得た方がいいのではないかと思っている。そんな矢先、猫に人間化されては実は困るのだ。

猫のように生きたい

美しく　愛らしく　しなやかなのに
甘ったれ　誘惑し
媚態で身をくねらせるのに
猫は心を渡さない
親しげに近づいて
ラブソング歌うのに
猫は心を渡さない
七センチ手前でいつも立ち止まる
そんなふうに生きたいね

金魚の錯覚

　我が家から金魚がいなくなった。長年鯉《こい》と金魚がいる生活をしていたのだが、昨年秋の台風二十二号で大被害を受けた時、庭の池で悠々の暮らしをしていた鯉と金魚も、可哀相なことに死んでしまった。池といっても自然のものではなく、プールと呼んだ方がいい形だが、それほどの広さはない。そこへ豪雨が降り、雨樋《あまどい》をあふれたのが滝のように落ち込んだので、酸欠状態になったのであろう、ともにずいぶん長生きしていたのだが、全部が浮いていた。

　そんなことがあって、今年の夏は鯉も金魚もいない。通称庭のプールも水を抜いて空っぽである。なぜか補充をする気がなくなった。生き物の死を普通のこととして受け入れるほど、タフではなくなったのかもしれない。

　この気持ちはここ数年のことで、猫も犬も天寿を全う、鯉も金魚も死んでも、アトガマを持ってこようという気が起きないのである。淋しいことだ。たぶん、年齢と関係があることだろう。決して認めたくないことではあるが。

まあ、それはともかくとして、鯉と金魚は同じプールの中で共棲していた。鯉は一応錦《にしき》鯉《ごい》ではあるが、別にブランド物ではない。金魚も種々雑多、きれいなのもあれば、珍妙なのもいた。稚魚の時山ほど買って来たのだが、中にはセントバーナードの水呑《の》みの犠牲になったのもいる。犬に罪はなく、彼はただ、巨大な口でガバガバと水を飲んだだけで、その時吸い込まれたのが、何匹かいるということだ。

買った時、店の人から、鯉と金魚は一緒にしない方がいいですよ、金魚が自分も鯉だと錯覚して同じスピードで泳ごうとしてボロボロになるんですよ、と言われたそうだ。

しかし、我が家では深く考えず、忠告を守らずに一緒にした。やっぱり金魚は、自分も鯉だと思ったらしい。思った結果どうなったか、ボロボロにならずに、鯉と見紛うほどに大きくなったのである。悠々と鯉と連れ立って泳ぐ。きっと志高く、根性があり、自己暗示の上手な金魚であったのだろうと思う。

自分を自分以外のものと錯覚してボロボロに身を滅すか、錯覚して一段上の能力を身につけた生き物になれるか、何やらひどく教育的な話の感じがするのである。

今の日本を思わせる。戦後六十年、ぼくらは錯覚で身を滅すなと守られ、錯覚を志だと語ることを禁じられていた気がするのだ。

そんなことを乾いたプールの底の魚たちの寝床の植木鉢を見ながら、ふと考えた。梅雨の晴れ間の一日である。

金魚の墓

金魚の墓に蝶がとまる
金魚の墓にとんぼがとまる
金魚の墓に雨が降る
金魚の墓に誰もいない
この夏は金魚がいない
庭に小さな石を積むだけ

夏のネクタイ

男のネクタイというのは、たとえていえばライオンのたてがみみたいなもので、有ると無いとでは相当に印象に違いが出る。たてがみが有ろうが無かろうが腕力すぐれたライオンは強い筈《はず》なのだが、でもきっと、無いと弱く見えるだろうし、見えてしまうと、実際に弱くなってしまう気もする。

この夏、ネクタイを取り上げられた多くの男たちは、丸刈りにされた雄ライオンのように、何とも頼りなさそうな、儚い姿に見えた。きっと、暑さも厭《いと》わず、キリッと締めたネクタイというのは、戦闘の意思を持つための勲章であったのだろう。

何も暑い最中に堅苦しく上着を着用し、苦しげに首まで締めておくことはないのだから、楽な気持ちで働きなさい、というのも一つの考えだが、これがなかなか難しい。そもそも生きるために働くことに、気楽にとか、明るくとか、楽しくなどということは許されない苦行であるから、それに長く関わってきた男としては、苦行着を考えたのだ。

これを着たら、まあ覚悟して働きなさい。これを着ている間は浮世を忘れなさいということだ。それが上着とネクタイで、せっかくそのようにハラを決めて、悲壮美に陶然としていたのに、唐突におやめなさいだ。楽にしなさいだ。しかも、オカミのお達しでクールビズときた。

国会議員や中央官僚たちが、不慣れなシャツルックで範を垂れる。くだけて結構、その代わり国会はグニャグニャだった。

さて、この夏、日本国中で男たちは、少しだけ涼しそうだった。ただし、それは表面的な印象で、正直に言うと、少しだけで、緊張が解けた分、よけいに暑さを思い出している感じがした。そして、作詞家的感想を述べると、まさに丸刈りのライオンで、臆病で、気弱で、咆哮《ほうこう》すら忘れて、クウクウと甘え声を出している感じさえした。

楽そうな夏の男は、責任から解放された雄のライオンのようで、強がることもなく、威張ることもなく見えた。ぼくの周辺でも、あれもいいじゃない、と新魅力のように言う人がいないでもなかったが、それはもともと、ライオンと見ていないことでもあった。

ネクタイ屋さんが困った。オカミのお達しだからよけいハラも立つだろう。その代わり女子高生の間で、父親のネクタイをダラリと首に巻くファッションが少し流行った。ネクタイに季語があるかどうか知らない。

ネクタイをゆるめて

たそがれに染まりながら
ネクタイをゆるめる時が
戦士が男に戻る瞬間
そのやさしさが好きだった
今日一日俺は何をしたか
今日一日　俺のしたことは
誰のしあわせに役立ったか

月は上りぬ

この頃、無意識であるにも拘《かかわ》らず、見事な月を見ることがある。見ようとしていないのに、ふと窓に目をやると、そこにとんでもない大きさの満月が出ていて、只事《ただごと》でないと感じるということである。

先月は入院していた病院の二十階の窓から、超高層ビルにひっかかるように出ている満月を見た。これは赤みがかった黄色だった。東京のせいだろう。

そして、今月は、自宅の二階、食堂の窓から、伊豆の山の稜線《りょうせん》に櫛形《くしがた》に光る真赤な月を見、それがわずかな時間で上って満月の姿を現して、さえざえとした飴色に変色するさまを確認した。

〽伊豆の山々　月あわく……というには透明感があり過ぎて、ぼくは、おいおいと妻を呼んだほどである。

ほぼ一月の間をおいて、東京と伊豆で満月を見ることに不思議はない。どうして、満月の時に限って、ぼくの視線が中空にあったかはわからない。全くの無意識、チラと視線を無意味に投げることはよくあるし、満月以外の日は何らの感動も覚えなかったというだけである。運命的に、暗示的に、満月とのみ遭遇したわけでもなさそうである。

それはそれとして、月を見ながら、おいおいと妻を呼ぶのは、何か記憶にある情景である。ぼく自身のことではない。それはたぶん、映画で見たシーンで、もしかしたら、小津安二郎映画の中の笠智衆さんであるかもしれない。

何の映画の、どこの場面と断定出来ないし、全くぼくの思い込みのイメージかもしれないが、笠智衆さんなら、満月も、おいおいも似合う気がする。そして、ぼく自身は、それはぼくとは無縁の、老人の風景だと思っていたが、今それを自分がやっているということである。高校生や大学生の頃、笠智衆さんが演じるところの、どこか穏やかな哀しさを感じさせる人物は、とんでもない老人だときめてかかっていたが、もしかしたら、今のぼくよりははるかに若かったのかもしれない。

きっとそうだろう。停年を思って寡黙になるという設定もあったから、当時なら五十五歳、だとすると、ぼくはそれより十三歳も年長なわけで、おいおいどころではない。

病院から見た妙な色の満月、自宅から見たさえた色の満月、要するに月を見る頃になったということだ。

月は上りぬ

膝小僧かかえてひとり
月を見ている
ベソかきの顔に思える満月を
ああ　この月はいつの頃から
笑顔を忘れ
困りはてた顔に
なってしまったのだろう
ああ　月よ　月よ　せめて
夜のふけぬ間に　にっこりと

うちのヤモちゃん

歌の詞を書きながら、小説を書きながら、時代の中の人間ウォッチングを四十年もテーマにしてきた。移りゆく時代にそって、人間がそれぞれの感性で微調整してゆくさまに、興味があったのだ。

微調整だから、ほとんど無意識、本能的な対応のようなものであっただろうが、それが数年重なるとかなりの変化になるもので、その発見が面白かった。

こういった体質の物書きだから、人間と時代以外のことは、ほとんど書いたことがないと自認していたのだが、さて、最近、大きな変化が現れてきていて、驚いたのである。

書いていないどころか、おいおい、いつの間に小林一茶になったのだい、それとも、シートンかい、ファーブルかいと自らに問うくらい、小動物のことを書いている。日線が下がり、いのちのいとなみの健気《けなげ》さみたいなものに、心が行くようになった。そういうことだろうと思う。そして、それが心地いい自分を半分愛し、半分憎んでいるというのが今の気持ちである。

　といったことを珍しく告白しながら、今回も動物記である。

　夏の半ば過ぎから、一匹のヤモリがわが家の寝室のトイレの窓に、はりつくようになった。昼間はいないのだが、日が暮れて、あたりが闇に沈み、その窓だけに灯《あか》りがあると来るのである。そして、ペタリとはりつく。室内からは足裏と腹が見える。

　形態が面白い。ポーズといってもいい。なぜか頭を下にしていることが多く、動くともなく動いている。灯りのついた窓の近辺で虫が獲《と》れるのではないかと推理するのだが、どうだろう。

　このヤモリ、妻ともども気に入ってヤモちゃんと命名、時々用もないのにトイレを覗《のぞ》き、いると歓声をあげ、いないと気遣うという日を送る。途中台風が来て姿を消したが、また現れ、そのうち二匹になって戯れているのかと思ったら、どうやら縄張り争いだったらしく、二匹とも消えた。

　ヤモちゃんどうしたろうねと数日話していたら、またやって来たが妙に大きい。成長したのかとも思えるし、別物にも見えるが、やはり、ヤモちゃんよと話し合っている。

　その間に時代は日本は、選挙もあって大変動した。

人間ぎらいですか

あなたは人間ぎらいですか
だから　花を見　鳥を追い
虫を愛《め》でるのですか
人間はウソをつくから
人間は裏切るから
目と心をそらして
動物の頭を撫ぜるのですか
花の匂いを嗅ぐのですか

子どもの時間

最近聞かない言葉がある。それは「子どもの時間」である。最近どころか冷静に振り返ってみると、もう四半世紀もこの言葉は使われていないのだ。つまり、死滅した。

ぼくらの子どもの頃、これはもう絶対曖昧に出来ない確固としたものとして、子どもの上に存在した。つまり、一日は二十四時間で成立していると、たとえ教科書で教えられたとしても、現実の子どもには二十時間程度しか与えられていなかったのである。

「さあ、寝ろ、子どもの時間はもう終わりだ」と何度言われたことか。要するに、この世には子どもが絶対踏み込めない「大人の時間」というのが存在したのである。

そして、今思うと少々理不尽であるが、大人は子どもの時間を侵せても、その逆はあり得ないし、許されないことであった。

日が暮れると外はシンと静まり返り、街灯の一つ二つが見えるだけ、数少ない店も早ややと閉める。家にあっても、ＮＨＫのラジオ放送を楽しむくらいで、もちろんテレビはない時代である。

早い夕食のあと、家族がそれぞれ手仕事をしたり、寝そべって本を読んだりして時間を過ごしていて、「さあ、そろそろ寝ろ」と声を掛けられたのは、一体何時頃であったのだろうか。もしかしたら、八時、遅くとも九時には確実に子どもの時間は終了した。

ぼくは当時の子どもとしては宵っぱりの方で、「少年探偵団」も読みたいし、「緑の金字塔《ピラミッド》」も読みたい。ああだこうだと屁理屈をこねていたが、子どもの時間を突破することは、まず出来なかった。パシャッと電灯を消される。

大人の時間といえば、毎度小津安二郎監督の映画だが、「麦秋」に、子どもたちが寝たあと大人だけでケーキを食べるというシーンがあったが、とにかく、かつては、時間だけではなく、食べる物でさえ、大人のもの、子どものものが厳然と存在したのである。

さて、このことの重大性を今感じている。子どもに正確な体内時計を設定したということで、これは、思いのほか大きいことのように思えるのだ。つまり、今の時代を見ながらふと思う。

「子どもたちの体内時計を完全調整しないと、頭はキレるし、心はシボむ」、さらに、つけ加えるなら、「三食、早寝、早起き、読み、書き、計算」、これ以外に子どもの健全さを保つ方法はないということだ。

コノヒロイソラノシタノ

コノヒロイソラノシタノ
チイサイニンゲントシテ
ヨクアソブ　ヨロコビト
ヨクハナス　タノシミト
ヨクネムル　ヤスラギト
ヨクハシル　キモチヲ
イツモイツモ　モッテイタイ
コドモノジカンノナカデ

タイムスリップ

志高く、善意に満ち、身ぎれいに生き、自己犠牲も厭わない。我欲はそこそこ、財も無いよりあった方がいいが、財のために節を曲げることはない。上辺《うわべ》を作るよりは内面を磨くことに精を出し、気取らず、飾らず、含羞《がんしゅう》などという言葉を知っている。無駄口を叩かず、されど沈黙の人ではなく、言うべき時には昂《たかぶ》らずに言う。お道化《どけ》ず、ふざけず、変わり者と陰口をきかれることはあっても、鷹揚《おうよう》に笑っている。そして、人の幸福を喜ぶ。

ぼくは少年の頃、日本の男というものはおおむねそういう性質のものだと思っていた。この条件を備えている人が男であり、人であり、仮に一つ二つの欠けるものがあったとしても、最も太い部分がしっかりと守られていたなら、世間の認知を受けられるものと信じていた。

少年のぼくの目にも時代は刻々と変化していくさまが見え、それにつれて、社会の価値観も変動相場に移行していくのがわかってはいたが、それでも、人の条件、男の条件が変質するとは思ってもいなかった。

いや、むしろ、相場が変動してしまった価値観の中で、最後の砦《とりで》のように条件を守ることが使命であり、美である筈だと考えていたのである。つまり、時代や社会がもて囃《はや》す風潮は風潮として受け入れながら、守るべきものを時代の迷い子にさせないために、変装までさせて生かしていたのである。

しかし、二十一世紀になり、変装しきれなくなってしまった。変動どころか、価値観が逆転してしまったのである。この文章の書き出しの何行かは、かつては尊敬や憧憬や好意で見られたものであるが、今や、嘲笑や憐憫の対象で、だから駄目なのよね、だから負け組なのよね、と烙印を押される。

世の中ギスギスとして、全く味気なくなってしまったのは、生き方が美しいとか、処し方が立派だと評価する空気がなくなってしまったからである。ただただ、汗をかかない人たちが金満を誇るだけの時代が、心楽しいわけがない。

そういう現実を踏まえながらも、現代人の心の中に、完全には諦めきれない日本人性善説的なものがあって、その人たちは旅をするように時代小説を読む。江戸時代にタイムスリップする。あるいは近過去の昭和三十年代へ飛んで、健気に生きる人に触れ、心を慰めるのである。

友よ

友よ　きみは貧しい　才もない
面白く語れる　芸もない
友よ　きみを頼れば　泣きを見る
いつだって　得をしたことはない
だけど　きみには未来がある
きみの未来が占える
白雲の湧き立つような
夢のかたまり　希望の大きさ
友よ　それがきみだ

第五章　昭和の歌とその時代

無名の意地——「朝まで待てない」

鈴木ヒロミツさんの訃報は病院で知った。従って、通夜も葬儀も行けなかった。悔いがのこった。だから数日後ある場所で会ったホリプロの堀威夫取締役ファウンダーに、「ヒロミツ君は残念でした」と言い、「どうしても行けなくて」と詫びた。

ヒロミツさんとは縁があった。つまり、ぼくの、作詞家としての事実上のデビュー作——B面になった物は除く——である「朝まで待てない」を歌ったザ・モップスのリードボーカルが、彼であったからである。

その歌から算《かぞ》えて今年で四十年になる。四十周年記念の年ということで、それなりの企画やら行事などを計画している。ぼくは幸福なことに、十周年、二十周年、三十周年、三十五周年と特別番組を組んで貰《もら》っていたが、そのいずれも「朝まで待てない」から始まった。そんなわけで彼は、「五年に一度か十年に一度かは、阿久さんの特番で歌手として晴れやかに歌うことが出来る」と喜んでいたものである。その鈴木ヒロミツさんが、四十周年直前で急逝したのである。

　ぼくはこの章で、時代と歌と作詞家と、そして、昭和の姿を書きたいと思っているが、何かの符合のように訃報に接し、まずそこから書かずにはいられなかった。その昔を知らない人のためにぼくは断言する。鈴木ヒロミツはロック歌手だったのだ。

　四十年前というと、一九六七（昭和四十二）年である。その年の秋も深まった十一月五日に、「朝まで待てない」は発売され、ぼくの記念日となった。

　その頃、どういう時代であったか。最近大評判になった映画「ＡＬＷＡＹＳ　三丁目の夕日」の時代から約十年過ぎている。あの時代の貧しさ、素朴さ、愛しさと比べると、日本という国はかなり様変わりしていた筈《はず》である。

「三丁目の夕日」は、刻々と東京タワーが天に伸びて行く時代であるが、それからの十年の間には、東京オリンピックという大イベントがはさまっているし、そのために作られたかのように東京の街の空を高速道路が覆い、東海道新幹線が超特急として登場し、クルマ時代のシンボル東名高速道路が開通、外国旅行も自由化となり、ジャルパックで珍道中する人が増えた。

　そんな時代で幕開けした豊かな日本――それまでずっと貧しいが定説であった――の入口

のところで、風俗や文化が花開き、主張し、女性たちは過去の因襲と決別するかのように大胆なミニスカートで闊歩《かっぽ》し、そして、テケテケテケとエレキギターが時代の風のように鳴っていた。

その中で、ザ・モップスは最後発であった。既にグループサウンズの大ブームに翳りが見え始めてきた頃に、老舗のレコード会社が重い腰を上げてデビューさせた三グループのうちの一つが、ザ・モップスであった。

ぼくはまだ本職として胸張れるような作詞家ではなかった。広告マンであり、放送作家であった。本来チャンスは無い筈なのだが、グループサウンズという大ブームが、業界ビッグバンの働きをし、レコード会社専属作家以外が作品を発表する機会に恵まれた。

本職がブームを軽視して手を出さなかったというのが実情かもしれない。その隙間で、若い物書きがドッとデビューし、ぼくもそれに乗ったといえるかもしれない。

遅れて来たグループサウンズの三つは、ザ・ダイナマイツ、ザ・サニーファイブ、ザ・モップスで、三組の作家が競い合わされた。

ダイナマイツは橋本淳、鈴木邦彦が「トンネル天国」を、サニーファイブは、岩谷時子、いずみたくが「太陽のジュディー」を書き、この二組は売れっ子だった。そして、モップスを書いた阿久悠、村井邦彦はというと全くの無名で、しょうがない、無名の意地で挑むかと、ぼくらはかなり力んだ。

早口歌――「白い蝶のサンバ」

「港町シャンソン」「白いサンゴ礁」という二曲が、オリジナルコンフィデンスのチャートの、二十位前後を上下するように登場して、初めて阿久悠という作詞家が業界的に注目された。阿久悠とは、つまり、アクユウとは何者だろうということになったらしい。

放送作家としては既にかなりの仕事をしていたので、初対面の名前の筈はないのだが、「悪友」などと名乗るのはコント集団ではないだろうかと、当初は思われていた。

しかし、やがて、誤解は解ける。単なる変わり者が目立ちたがりの名前をつけただけで、個人であることはわかって貰えた。ただし、後にふたたび、あれは複数の人間の集団であると断定して書かれたことがある。それはぼくが、自分で言うのもおこがましいが超人的に活動をし、記録的ヒットを連発した時代で、大新聞社系の週刊誌が堂々と書いた。さすがにぼくも怒り、同じページ数の訂正文を掲載して貰ったが、ぼくは共同作業どころか清書一つ人にやらせたくないタイプ、人の智恵も借りたくない方なのである。

さて、話はそれたが、阿久悠という作詞家がどうやら認知された直後、作詞の注文が殺到し始めた。その中に、六〇年代のポップスシンガーのアイドルであった森山加代子の、カムバック曲を手掛けてくれというのがあった。森山加代子は「月影のナポリ」や「じんじろげ」などで大スターであった。

その大物のカムバックに、オリコンの中位に二曲ぐらい入っている程度の作詞家に注文があるのは、いささか不思議だとも思ったが、まあいい、それはそれ向う様の魂胆で、こちらはそれを裏切る物を書いてびっくりさせればいいと、腹をくくった。

曲が先に出来ていた。作曲は井上かつおといい、彼もまた無名に近い存在であった。それが有難かった。自由に腕がふるえる気がした。一曲は、如何《いか》にも森山加代子を大人にしましたというバラードであった。ぼくはそれに「恋は今死んだ」という詞を付けた。この頃のぼくは割と「死ぬ」という言葉を使うことが多かった。きっとまだ貧しく、名も無く苛立つものがあったのであろう。ただし「恋は今死んだ」は評判よかった。

もう一曲はとんでもないものであった。器楽演奏のような細かな符割りのもので、とても歌うとなると、口が回らないだろうと思えるものであった。「これは!?」とスタッフ一同頭を抱えたが、これをゆったりした符割りにすると面白味が半減どころか、無くなるだろうということになり、冒険だが、そのまま詞を付けることにした。

ぼくは面白がっていた。心とか意味とかいうより、ポップアートの絵、その当時流行のピーター・マックスの星や花や蝶やロケットが飛ぶ絵のような歌にしようとして、〽あなたに抱かれて　わたしは蝶になる……という「白い蝶のサンバ」を書いた。早口歌と言われた。森山加代子は歌いながら何度も舌を噛んだが、百万枚を越すヒットになった。

さて、その「白い蝶のサンバ」が世に出たのが、一九七〇（昭和四十五）年である。この年は、巨大な怪鳥の卵が震えて割れるような年であった。時代の身震いといっていいかもしれない。大阪万国博が開かれ経済大国のデモンストレーションに成功。かと思うと、日本赤軍による日本初のハイジャックが発生、日航機「よど号」は北朝鮮へ、犯人と人質を乗せて飛んだ。ウーマンリブが世界の波になり、男たちは吊し上げられる。そして、作家三島由紀夫の国を憂えての割腹自殺は、世を暗いものにした。そんな風の吹く激動の時代の中を、「白い蝶のサンバ」の、そう、幻の白い蝶はヒラヒラと飛んだ。

ところで、百万枚の印税はとんでもないもので、会社員から放送作家になって八倍もの収入になっていたが、桁が違った。

ぼくはこれは用心しなければ心を失うと、緊張して将来を見たのである。

父の遺品、日本刀──「ざんげの値打ちもない」

〽こんにちは　こんにちは　西のくにから……世は浮かれていた。一九七〇（昭和四十五）年のことである。大阪千里の竹の子畑に巨大な未来都市が出現し、そこから、こんにちは、こんにちはと発する。

日本は突然妙に自信満々、勤勉などという言葉は失われそうだった。何で機嫌がいいかというと、大阪万国博が開かれ、日本は金持ちになったのだと……。

ぼくは、その豊かさに対して、眉に唾を付けていた。そんなわけはないと思っていた。その頃のぼくは、まだ少々見通しの悪い放送作家、作詞家──さすがに広告マンは辞めていたが──で、実感がなかった。この日本が金持ちの国になるわけがない。立派な国になっても、金ピカのブルジョアが犇《ひしめ》く国になるとは、どうしても思えなかった。

だから、ぼくは、自動車、ダンス、英語が必要になってくることはないと、まだ思っていた。「英語をしゃべれていい暮らしが出来てよかったね、というのも考え方。英語もしゃべらずにちゃんと生きられてよかったね、というのも考え方」と、小説の中の主人公にしゃべらせていたが、ぼくの本心だった。

この年一九七〇年、ぼくはなぜか恐《こわ》かった。世の中は浮かれの風が吹いているのに、ぼくには、重層的にこの世をこらしめるものが混じっていると、思えてならなかったのである。

大阪万国博は九月十三日に閉幕、延べ入場数六四二一万を記録して、日本は明るかった。ただし、その二カ月後、戦後文壇の寵児《ちょうじ》三島由紀夫率いる楯《たて》の会のメンバーが、市ヶ谷の陸上自衛隊駐屯地に乱入、バルコニーからシーザーの如く憂国の檄《げき》を飛ばし、その後割腹自害した。

ぼくは明るさの中の暗さ、はしゃぎの中の恐さはこれかと思った。そして、恐さのシンボルは日本刀だった。

ぼくは、父の遺品、警官だった父が戦前、剣道大会に優勝して得た一振りの刀を、他人の手に渡るのも恐く、また、自身が手にすることも恐く、油紙に密閉し梱包し、他人の蔵に預けたのである。

さて、時代のことを少し長く書き過ぎたが、これを説明しておかないと、次へ進めないのである。その頃ぼくは、北原ミレイという女性歌手の作詞の注文を受けた。意欲的にどうぞと言われた。スターだからアイドルだから、何が何でも売れと言うのではなく、歌は抜群だから問題作をという注文だった。

ぼくは、ぼくの心を捉えている一九七〇年の暗さはこれだと思った。これだと思いながらも、なかなか具体的な暗さにつき当たらなかったが、その頃偶然に写真集を見た。

冷え冷えとした石畳の坂道に、黒衣の女が蹲《うずくま》っているものだった。キャプションはなかった。倒れたのか祈っているのか、祈りに向かうのか、祈りの帰りのダメ押しかわからなかったが、「ざんげ」という言葉を思いついた。「ざんげ」から「ざんげの値打ちもない」に移るのは、ぼくに劇画原作者のキャリアがあったからかもしれない。

四十五歳で夭折《ようせつ》した劇画家上村一夫《かみむらかずお》と若い頃、デビュー作「パラダ」をはじめ、「セクサス48」「スキャンドール」「俺とお前の春歌考」「男と女の部屋」「ジョンとヨーコ」などを書いていたから、物語性の強いもの、それも一代記ものを歌にしてみたかった。

十四歳の少女が孤独に耐えかねて男の部屋へ転がり込む。十五歳の雨の日、安物の贈り物で結ばれ、愛を得ようとする。十九歳狂熱の夏、裏切った男をナイフを持って待っている。そして、そして、年月が過ぎて女は石畳の坂道にいる。そして呟く。〽ざんげの値打ちもないけれど、私は話してみたかった……と。

その後彼女には、「棄《す》てるものがあるうちはいい」「何も死ぬことはないだろうに」を書いたが暗いと嫌われた。

その年、第一回の日本歌謡大賞は「圭子の夢は夜ひらく」、これも暗さだった。

明日を感じさせる詞——「また逢う日まで」

その頃、一九七一（昭和四十六）年には、作曲家の筒美京平は既に肩で風切る存在だった。ぼくはというと、それと比べるとはるかに地味で、風を待っていた。

この二人を組み合せた人がいた。当時、音楽出版社日音の社員だった恒川光昭氏で、早稲田のグループ、ザ・リガニーズ（海は恋してる）の弟分の、エ・ビガニーズの曲を、筒美・阿久で書いてくれということになった。

ザリガニの弟分でエビガニかと笑いながらも、ぼくは「明日では遅すぎる」というのを書いた。この作品がどうなったのか不明だが、それが縁でズー・ニー・ヴーの三作目を、同じコンビで作詞作曲することになる。

時代は、七〇年安保に挫折した青年が、明日はどっちだと迷っていた頃で、ぼくは、「ひとりの悲しみ」と「未成年」を書き、どうだと思った。自信があった。だが、売れなかった。全くと言っていいほどに。

しばらくして、また恒川氏から連絡があり、「ひとりの悲しみ」は捨て難い、新しく歌える歌手もいる、ついては、もう少し明日を感じさせる詞に書き直してくれないか、ということであった。ぼくは珍しく賛同した。予感があったのかもしれない。

「ひとりの悲しみ」を「また逢う日まで」にした。新しい男女の別れのあり方をテーマにして、サビの、〽心を寄せておいで　あたため合っておいで……の部分が、新しくは、〽ふたりでドアをしめて　ふたりで名前消して……と、如何にも新しい旅立ち、しかし、たがいに気遣っている様子はよく書けたと思う。

結局、この出戻り曲の「また逢う日まで」で、しかも歌ったのが新人の尾崎紀世彦でという一種のハンデを負いながら、その年のレコード大賞を獲得した。

ぼくとしては初の勲章であった。勲章を欲しがらないタイプに見えながら、実は猛烈に欲しがる性格、それなのに口ではあんなものいいと言っている困った男であった。

レコード大賞を取ったが、ぼくが最も欲しい賞は最優秀作詞賞であった。何か文学賞の感じがし、大賞の方が上だからと言われても、いや、作詞賞だと言い張っていた。

半年前に書いた「ざんげの値打ちもない」に絶対なる自信を持っていた。しかし、取れなかった。なんと、ノミネートさえされていなかったことがわかり、大いに落胆し、怒りさえ抱いていた。

それなのに、「今年度の日本レコード大賞は、作詞阿久悠、作・編曲筒美京平、唄尾崎紀世彦の『また逢う日まで』です」と呼ばれた時は、尾崎紀世彦と思わずVサインを出していた。

Vサインはこの年からの流行で、元々はウィンストン・チャーチルがヴィクトリーの意味で出したものである。それをピースとして流行らせたのは、井上順であるという説が残っている。

いずれにしろこのレコード大賞は、ぼくの運命も生活も大きく変えた。有名にもなり、豊かにもなり、本職意識も芽生え、その代わり、小説を書くのが明らかに十年遅れた。

ぼくは、前記の恒川光昭氏と話した。どうであれ、二度目のオットメで大賞とは、サクセス・ストーリーだねと言うと、彼は具合悪そうに、実は三度目のオットメなんだと笑った。

元々、ルームエアコンのCMソングとして書かれたものらしい。それがうまく行かなくて三度目になった。一度目のサビは、〽サンヨールームエアコン……と歌うようになっていたとバラした。

一九七一年七月二十日、銀座にマクドナルド一号店が開店、人々は殺到した。これでもって、日本の食事美意識が、食べるから食うに変わる歴史的一瞬であった。

映画「八月の濡れた砂」の中で、教会の中で「ざんげの値打ちもない」が、ジンタで流れる。

社会の地鳴り——「京都から博多まで」

あの頃——ちょうどぼくが三十歳になるかならないかという頃合から、毎年毎年、こんな酷い年は無いねと言っていたが、その中でも一九七二（昭和四十七）年は格別だった。

いわば毎日が地鳴りの連続なのに、ぼく自身が広告代理店を飛び出し、自動震動の時代で、社会の地鳴りと共鳴したり、相殺しているところがあった。

まだ「紅白歌のベストテン」とか「スター誕生！」などの番組をやっていたが、はっきりと作詞家になっていた。日本レコード大賞も前年の暮れには取って、個人的には得意だった。

ビクターレコードに磯部健雄さんという名物ディレクターがいた。グループサウンズを境にして時代が大きく変わったので、ぼくらから言わせると一つ前の時代の人だった。だが、巨匠には違いなく、まあ、敬して遠ざけるという感じで、ぼくは別の場所にいた。

まさに伝説の人で、戦前はプロ野球の選手であったとか——たしか中日の前身——で体も大きいし、ダンディである。それに、雪村いづみ、浜村美智子、青江三奈、森進一を育てたといわれると、静かにしている他はなかった。

レコード会社のロビーの一隅に巨匠の定席があった。彼はいつもそこにいて、蜘蛛の糸に蝶がかかるのを待つように、気になる作家や歌手を見かけると、手招きするのであった。ぼくはなかなか手招きされなかった。可愛くなかったのであろう。だから、ぼくも近寄らなかった。音楽が違うとひそかに思っていた。

それがある日呼ばれた。おいでおいでと手招きした。「君は大賞を取って、他にもヒットを出して一番だと思っているかもしれないけど、作曲の猪俣公章の方が二倍も三倍も稼いでいるぞ。やっぱり演歌を書かなきゃ商売成り立たん」と言われたのである。つまり、挑発されたのだ。

演歌を書けと言われた。片意地張って演歌はやりませんと言うことはない。ぼく流の演歌を書けばいいと、注文を出された森進一や仲雅美の物を数曲書いたが、褒められた割りにはA面に使われなかった。ムッときたが巨匠なら仕方ないかなと思う。

その後、おそらくは磯部健雄を経て猪俣公章だと思うのだが、藤圭子の発注がきた。

ところで、噂の猪俣公章であるが名前の印象から――戦前大村能章という人がいた――ずっと年長の人だと思っていた。羽織袴《はかま》で現れるのではないかと思っていたが大違いで、チリチリのパーマに、スケスケのシャツ、縦ジマのパンタロンにブーツ姿で、銀のウイスキー入れを手に登場したのである。「演歌かあ」という思いはそれでなくなり、気安く話してみると一歳年少であることもわかって驚いた。そして、「俺さ、ビクターの廊下の長椅子に腰掛けて、仕事待ちしていたこともあるんだよね」という話などもした。ぼくはなぜか、この人は新しい人なのだと思って、「藤圭子書きましょう」と答えた。

藤圭子はそれより二年前、「圭子の夢は夜ひらく」で薄倖の美少女の怨歌《えんか》を歌って、社会現象になっていたが、もはやその世界では売れなくなっていた。

ぼくは引き受けて帰り、さてどうするかと考えた。立ちつくす女も、うずくまる少女も駄目とすると、主人公を移動させるしかないと「京都から博多まで」を書いた。演歌のA面第一作である。そして、それが売れ、猪俣公章とは「冬の旅」「さらば友よ」ら森進一作品につづくのである。

さて、その年の今日につづくニュースといったら、連合赤軍による浅間山荘立てこもり銃撃事件であろう。特に機動隊突入の二月二十八日には、NHKは朝九時四十分から夜八時二十分まで全中継し、テレビの威力を示した。

浅間山荘に叩《たた》き込まれた巨大な鉄球が、今も目に浮かぶ。

あなたに逢えてよかった――「あの鐘を鳴らすのはあなた」

和田アキ子に関しては、少々のエピソードがある。大阪から上京して来る、とてつもない大型歌手を迎えに行ってくれと言われたことである。

とてつもなくとか、大型歌手といっても新人の筈で、それのお出迎えに作詞家に行かせようとするのも妙な話だと思ったが、その時のホリプロ系の音楽出版社の社員の林功二氏が、和田アキ子なる伝説の新人の武勇伝を恐れていただけの話だということがわかる。実態は不明だが、「武勇伝」は相当のものだったらしい。

その時ぼくは銀座の喫茶店で、劇画の原作を懸命に書いていた。第一、それを受け取りに来た劇画家上村一夫が、まだかまだかと目の前にいるのである。

音楽出版社の林功二氏とは、前年、一九六七（昭和四十二）年に出した「朝まで待てない」以来のつきあいで、あれこれ作詞の話を貰っていたのである。「ねえ、行って下さいよ。喜ぶと思うがな」と言う。

大して有名でない作詞家が迎えに行っても、喜ぶとはとても思えないのだが、林氏よほどの決意か粘る。「無理だって、劇画家が目の前で原作を待っているのに、行けるわけがない」とぼくが言う。

記憶違いがなければ、ぼくはその時、「漫画アクション」用の「セクサス48」の、「ドラキユラの媚薬」という艶笑ストーリーを書いていた筈である。と、その時、何を思ったのか上村一夫が「ぼく代理で行って来ましょう。その間に原作が上がるでしょう」と出掛け、帰って来るや興奮して「有馬稲子にそっくりだ」と告げたのである。

まあ、これは、単なるエピソードに過ぎない。初ッ端《ぱな》はどうであれ引き受けてしまうと、女レイ・チャールズと信じてデビュー曲「星空の孤独」を書いた。〽胸にひろがる　孤独のつらさ……という堂々たるR＆Bであるが、迂闊《うかつ》にもぼくは彼女が何歳であるかを考えてもみなかった。十八歳であった筈である。思えば十八歳の少女に、〽星よお前が　またたく限り……と歌わせられたのだから、豊かな時代だった。

案の定売れなかったが、その後もぼくが和田アキ子の詞を書きつづける。中には「その時わたしに何が起ったの？」などという意欲作も書いたがやっぱり駄目で、彼女の最初のヒット曲は、「どしゃ降りの雨の中で」という他の人の作品で、これは何よりも口惜しかった。

出会いの時のドタバタめいた印象とは別に、ぼくは和田アキ子を、それこそとんでもない歌手と思っていたから毎回、レイ・チャールズにするか、エルビス・プレスリーにするか、いずれにしろ大型歌手をイメージしていた。だが、ぼくのは売れなかった。最初に売れたのは大型とは無縁の「笑って許して」で、何だか世の中に肩透かしを食った気になったものだ。

その後、若手の都倉俊一と組んで「天使になれない」と「夜明けの夢」を書き、これはかなり売れたので、ぼく自身の信用を回復することにもなった。

そして、あの仕事の発注が来る。堀威夫氏から「アッコにもそろそろ賞を取らせたい。ついては、それに見合う大きな歌、たとえば『ケ・サラ』のような人生を歌うものを作ってほしい」と言われたのである。

それは願ってもないことで、大きな歌を作りましょうとは答えたが、二十二歳の女性歌手に「ケ・サラ」はどうかと思い、一九七二（昭和四十七）年という暗い時代へのメッセージとなる詞を書いた。それが「あの鐘を鳴らすのはあなた」である。希望の存在を書きたかった。〽あなたに逢えてよかった……と言いたかったのである。

その年の暮、和田アキ子は最優秀歌唱賞を取り、名を呼ばれると沢田研二の手を摑《つか》んでステージへ上がり、大型と別のところのシャイさを持った彼女らしかった。

意味不明の「ウララ」——「どうにもとまらない」

一九七二（昭和四十七）年からなかなか脱出出来ない。ぼく自身のヒット曲を取り上げるだけのことを思うと、何でもないのだが、これが時代のトゲが刺さったものと考えると、多くはトゲつき歌謡とはならないのである。その時代昭和のパワーがあふれていた。

ぼくはこの年のヒット曲として、山本リンダの「どうにもとまらない」を取り上げるつもりでいたのだが、それだけの気安い時代でなかったことは痛感出来る。スッキリと一つの時代で括《くく》れないのだ。

時の首相田中角栄が、早々に「日本列島改造論」を打ち上げ、建築業者に非ざる《あら》者人に非ずの勢いであったが、一方では、「恥ずかしながら、横井庄一帰って参りました」と生きることに羞恥しながら帰還、人々は好景気の浮かれと、時代の悲劇の間では暗澹とする。複雑だったのだ。

その頃、ぼくらは、山本リンダプロジェクトを組んで、恐ろしく華やかな仕事をしようとしていた。当時フジテレビの吉田斎氏、キャニオンレコードの渡辺有三氏、作曲の都倉俊一氏、振付の一の宮はじめ氏、それにもう一人ぼくである。

数年前舌ったらずの歌い方で、「こまっちゃうナ」というヒット曲を出した山本リンダという少女モデルである。これを前記のメンバーで一変させよう、うまくいくだけではなく化けさせてみようとするものである。

「日本列島改造論」も「ジャングルの悲劇」も全く関係なく、ぼくらは意外なものに取り組もうとしていた。この種のチームが作り上げられたものは、とかく、誰発のアイデアかわからなくなる。まあそんなものである。

舌ったらずの歌い方を、叩きつけの発音に徹底的に改造したのは、都倉俊一である。全体のコンセプトとして、アラビアンナイト的シリーズを出したのは、ぼくの筈である。

異論が出るかもしれない。タイトルは「恋のカーニバル」とぼくが付け、あまりに平凡なので、詞の中のいちばんインパクトの強い部分の「どうにもとまらない」をタイトルにした。

そのことによって、時代性を持つのである。経済音痴のぼくには、何がきっかけかわからないが、株式欄に株価高騰を「どうにもとまらない」と書かれ始めたのである。さらにそれが偶然といいながらつづく。

「どうにもとまらない」「狂わせたいの」「じんじんさせて」「狙いうち」「きりきり舞い」「燃えつきそう」となるのだから、ぼくは、ユリ・ゲラーかと言われた。

そして、何年か後、「燃えつきそう」が最後になるのは、第四次中東戦争勃発によるオイルショックである。

時代と寄り添いながら出来た歌、時には時代を無視しながら作った歌が、時代を摑まえることもあるのだ。

意外な動機で摑まえる。人の心はわからない。甲子園での高校野球での応援団は、なぜかぼくの作った「狙いうち」「サウスポー」「宇宙戦艦ヤマト」の曲が圧倒的に多い。今や誰も雄壮な恋の駆け引きの歌とは思わない。甲子園の歌に変化する。

それに作詞家は、作曲家や編曲家が考え出す妙なことには気がつかない。「狙いうち」の、ウララ　ウララ　ウラウララも、ちゃんとした詞が入っていた。それを作曲家たちは、字数が多いと混乱するという理由で同じメロディをウララにしてほしい、しかも、「ウララ　ウララ　ウラウラで　ウララ　ウララ　ウラウラよ　ウララ　ウララ　ウラウラの　この世は私のためにある」にしたものである。ぼくには意味不明だが、それで売れたのかもしれない。

「時間ですよ」の幸福な昭和――「街の灯り」

故人となった作家・演出家の久世光彦氏との初の仕事である。それ以前にぼくらは、同世代の達人たちとグループを作っていた。そのグループはNOWといい、TBSの久世光彦氏、同じくTBSの気鋭の演出家鴨下信一氏、日本テレビ出身で「ショーガール」等のステージ物をやっていた福田陽一郎氏、東芝EMIで越路吹雪、加山雄三、クレージーキャッツ等を担当していた渋谷森久氏、それにぼくであった。

企《たくら》んだのは――といってもそれで商売にするということではないが、知恵と好奇心のルツボを作りたいという意図で、オフィス・トゥー・ワンの海老名俊則社長が声をかけたもので、実に面白かった。仕事にしばられた会議ではないので、それぞれが博覧強記、カンカンガクガクにぎやかなものであったが、その楽しみがぼくらの財産となった。

仕事を目標にしないといっても、個人的には仕事になる。その初期が、久世氏のドラマ「時間ですよ」の挿入歌「街の灯《あか》り」を書くことであった。これは堺正章が歌う。

「時間ですよ」は、東京下町の松乃湯を舞台にした職住近接のドラマで、当初は裸の入浴者だけが話題になったり、ヒンシュクを買ったりしていたが、そののち、既に失われかけた昭和の匂いをふりまくような如何にもテレビらしいドラマとなった。

実に久世光彦は三十数年前に既に、現代の日本人が酸素不足に落ち入ることを予感していたように思える。彼には既に消えゆくものが見えていたのだ。

風呂屋が舞台であるから、いつも人が群れている。群れる人は常連客だけでなく従業員もいて家族のように過ごしている。そして、二次会が二種類あり、一種類は小粋な女将のいる飲み屋の流れ、一種類は若い従業員が物干台と屋根の上で歌を弾き歌う。ぼくの久世氏との初仕事——「ひとりごと」「リンゴがひとつ」というのはあったが——ガップリ四つではこれだった。

歌は、劇中ケンちゃんこと堺正章が歌う。ぼくは「街の灯り」というタイトルをつけていた。「街の灯り」である。「街の灯」——マチノヒ——ではない。「街の灯」となると不幸な人間が幸福を求める歌だが、「街の灯り」だと幸福な人間が幸福に気づく歌である。これはずいぶん違う。求めるより気づくことの方が数段難しいと思い、ぼくはこの歌に心を籠めた。

〽街の灯りちらちら　あれは何をささやく……ちらちらちらである。目を離せば消えるかもしれない儚《はかな》さでまたたいていた。かつては東京にもそのように傷ついた心をフッと包むやさしい暗がりがあったのだ。今、人が求めるのはやさしい暗がりの存在で、キンキラキンにライトアップされた都市の化粧顔ではないのである。

「おカミさん、時間ですよ」と始まるドラマは、そこによき時代の日本人と日本の、ちょうどいい大きさがあった。

さて、久世光彦は素人を役者として使うのが趣味で、しかも素人を承知していながらイジメ抜く。小林亜星も、上村一夫も、渋谷森久も、横尾忠則もみんないっぱし役者をやって怒られた。

ぼくにも話があり、それも二度あって、一度はブランコで遊ぶやくざが、なかにし礼の刺客に刺し殺される役、一度は、生き別れになっている小泉今日子の瞼の父親の豆腐屋の役、ぼくは二度ともことわった。なかにし礼に殺されるのは厭《いや》がるのはわかるが、小泉今日子の父とは泣かせる役だぜと口説かれたが、当方オクビョウモノでしてと断ったものだ。

「街の灯り」はやさしい歌である。しかも、学歴なき社会人の職住近接の面白さに満ちていた。

この年「日本沈没」大当りの結果もあって「終末論」が流れる。そのことは次回にまわす。

「終末」に生まれた叙情歌——「五番街のマリーへ」

今から三十数年前のことであるが、国民の意識は今とまるで変わっていた。あの頃昼食がコンビニのサンドイッチを「ああ哀れ」と夫が食い、その妻たちが数千円の名店弁当を食べているということはなかった。仮にあったとしても、「今日だけごめん」という意識で、うしろめたさとともに漂っていた筈である。

ことは、弁当ではない。女性が二週間七万円の会費を払えるかという問題であった。ぼくは女性だけの洋上大学を行いたかった。比較的波の静かな八月の海を選んで日本一周、その間にサブカルチャーのプログラムがしっかりと組み込めているわけである。講師陣も売れっ子現代作家ばかりで、作詞、作曲からマスコミ学まで網羅される。

三十数年前、昔日の感があるが、まだ日本女性はヘソクリ以上の金を持っていなかったのである。それで、ニッポン放送が赤字覚悟で後援してくれて実現した。今やその頃の女性は平然と世界一周と言っている。

その時代のぼくは、夜酒くみ交わしながら夢のような話をするのが常で、聴き手は常にニッポン放送社長の石田達郎氏でぼくにとって何でもポケットであった。その時も「一万五千トンクラスの船なんとかなりませんかね」と言ったと思う。それだけで一万三千トンのさくら丸を用意してくれたのである。

さて、一九七三（昭和四十八）年の八月上旬、「日本一周・ろまんの船」は横浜を出港し、一路西へ、現代と違って電波の切れた生活が二十日間始まる。これが解放だろうか、乗客の顔が一気に晴れたのを覚えている。

ぼくも、都倉俊一も、三木たかしも、井上忠夫も、上村一夫も、品田雄吉も、藤田敏八も、森田公一も塾を持っていた。新しい女性たちへのメッセージを発しなければならなかった。

船は太平洋岸沿いを走る。予定の変更は二つあって、天気の崩れで豊後水道を北上すること、門司で一日観光、日本海側を北上して津軽海峡を渡る。ソ連が見える稚内沖の航海は結局出来なかった。冷戦状態であった。

快感は、地上と連絡を断つということがいかに精神衛生上よきかを証明し、歌あり、ショーあり、授業ありで楽しく進んでいた。

ところで、ぼくと都倉俊一には大問題があり、この航海中に、「ジョニィへの伝言」につづく、ペドロ&カプリシャス（唄高橋真梨子）の作品を二人で仕上げることを約束していたのである。

「五番街のマリーへ」が完成したのが、月の降る新潟沖を航行中で、都倉俊一の弾くピアノに合わせて、数百人の女性が合唱し、なかなか感動的なものであった。

この気分とはよそに、時代は、「日本沈没」「ノストラダムスの大予言」雑誌「終末から」「破滅学入門」などが大ヒットし、冗談で済まない空気が暗く流れていた。

そんな時、×年×月×日×時破滅という風評があり、たまたまその日が最大プロダクションの大物たちのスケジュールが入っていないという偶然も重なってパニックになった。あそこなら政府筋からの情報を取れるであろうということである。

×日×時、気色が悪いのでぼくらは収録を中断してスタジオの外に出たが何ごとも起きなかった。妙な一日であった。

「五番街のマリーへ」へ戻る。さくら丸が横浜港を出港して間もなく、地上では、韓国の次期大統領候補、金大中氏が日本のホテルから拉致されていたのだ。「終末から」よりはるかにリアリティがあった。

「五番街のマリーへ」はそんな時代の中の叙情歌である。

「悲しみとの決別」の空気――「恋のダイヤル6700」

仲継ぎをした人がいたのかどうか定かではないが、フィンガー5はコメディアンの世志凡太氏が連れて来たように思う。彼はプロデューサーであったのか、マネージャーであったのか立場不明であったが、初対面で、「企画から二十年の傑作です」と言った。つまり、二十歳をアタマにした五人兄弟、いわば和製ジャクソン5がようやく完成したのですよと、自信満々であったのである。

ぼくはバラエティ番組などもやっていたことがあるので、世志凡太氏のことは知っていた。世志凡太とモンスターズというコミックバンドで、かなりテレビ出演も多く、彼は歌とウッドベースをやっていた。最近日本映画専門チャンネルなどで見ると、東宝系の喜劇に結構色ガタキ役で出ていたりするので売れていたのであろう。

ただし、その怪人世志凡太氏と沖縄の少年少女とどこで結びついたのかは知らない。ぼくと作曲の都倉俊一は、レコード会社が制作を引き受けた段階から加わっていったので、特に彼から何か注文をつけられた記憶もないのである。それなのに、フィンガー5というと世志凡太氏を思い出す。

ぼくと都倉俊一は、話だけではさほど乗り気ではなかったのだが、スタジオでテストを行い、リードボーカルのアキラという少年——幼年か——の声を聴いたとたんに、思わず親指を立てたほどである。役どころからいうとマイケル・ジャクソンなのであろうが、まさに、それであった。とんでもないものが転がり込んで来た気がしたのである。

沖縄はその前年の一九七二（昭和四十七）年五月十五日に一部を除いて日本に返還され、一種の沖縄ブームが起こっていた。ぼくも沖縄海洋博の壮大なテーマソング「珊瑚礁に何を見た」というのを書いていた。

ぼくの「白いサンゴ礁」を返還を見越した目ハシのきいた作品だと深読みしてくれる人もいたが、実はあれに関しては全く沖縄をイメージしていなかった。むしろ、意外に思われるだろうが、「人間は美しい物を見た時にウソがつけなくなる」がテーマだったのである。とすると、炎熱の沖縄より静寂の京都の龍安寺の方がそぐうのだが、それだと歌に合わない。

「白いサンゴ礁」は結局そのどちらに引っ張られることもなく、心地いいカレッジフォークに仕上がり、ぼくのものとしてはまあ売れた部類に入った。

さて、フィンガー5は、天才少年に感心しようがどうしようが、ジャクソン5のコピイであった。コピイはコピイ、歴史は作れない。何か彼ら独特のキャラクターを作りたかった。返還以前にも沖縄出身の歌手は沢村美司子とか仲宗根美樹とか、何人か活躍していたが、彼らは全く違った。

そこでぼくは、アメリカの何セントかのコミック雑誌のようなロックンロールを作りたいなあと言い、都倉俊一の賛同も得た。

それが、ローラースケートに乗り、ポップコーンを頬張り、時に、ソフトクリームを舐める学園物になったのである。成功した。彼らには従来の沖縄の歌手と違う、「悲しみとの決別」の空気があったのである。

「個人授業」はグラマー女教師に恋する少年、「学園天国」はクラスの席替えのスリル、「恋のダイヤル6700」は、今からだと考えられないが電話のサスペンスで、6700はシックス・セブン・オー・オーと読ませるのは、ぼくの長年の夢であった。00をオーオー、何としゃれていたことか。

男が歌う「あたし」脱却——「さらば友よ」

時代というものは、常に奇異さの連続で、何事もなく過ぎていくということはないらしい。たとえば、一九七四（昭和四十九）年という年を思い出してみても、「ベルばら・ブームの年」であるとか、フィリピンのルバング島から三十年ぶりに小野田寛郎元陸軍少尉が帰還したとか、そして、ぼくらが既に忘れていた「命令」とか「使命」の言葉に震えたとかさまざまある。意識はまだまだ「かもめのジョナサン」が憧憬《しょうけい》の時代であったから、「絶対命令」という言葉は胸を抉《えぐ》るものがあった。

かと思うと、モナ・リザ展に百五十万人が並ぶ。そもそも時代とはわからないのだ。

ぼくはもうその頃、遅れて来た大型新人——自分でいうのはおかしいが——として多忙を極め、「アッという間の巨匠」になりかけていた。その証拠に、森進一の今年の勝負曲、つまり、レコード大賞曲を狙う作品を、猪俣公章とともにやっていたからである。

その直前まで、ぼくには、天下一の渡辺プロダクションからの作品依頼は皆無といってよかった。わずかにビクターの磯部健雄ディレクターがB面テストをしてくれているだけであった。発注がないのには少々以上の理由があって、当時日本テレビと渡辺プロダクションは全面戦争の関係にあり、ぼくは「スター誕生！」も含め日本テレビ側のブレーンと思われているフシがあった。

だから、沢田研二も、森進一も、小柳ルミ子も、天地真理も、布施明も、アグネス・チャンの作詞も諦めていた。

ところが、森進一を依頼された。もう磯部ディレクターでなくなり、その下の長谷川誠ディレクターに、業界のボスの渡辺晋氏と、つっぱりの作詞家の間を「ここを直せ」「いや、いやだ」というお使いをさせて大変苦労をかけてしまった。最終的にぼくが渡辺晋氏に会ったのだが、その静かな、引き込むような迫力はいまだに記憶に残っている。その時の作品は「冬の旅」といった。おそらくは森進一初の男言葉歌で、そこでもめた。ぼくはどうしても、男が「あたし」と歌うのは生理的にがまんならないものがあったのである。

不思議な時代であった。ほとんどの男性演歌歌手が「あたし」と歌い、ネオン街文化の形をつくっていたのである。あの現象は何だったのであろうか。

とにもかくにも「冬の旅」が成功し、しばらくはぼくの考えで森進一を書くことになる。

もともとぼくは劇中人物の立場の面白さを書きたい作家なので、次の「さらば友よ」は決定版にしようと意気込んでいた。歌い出しの数行を気にしてほしい。

〽このつぎの汽車に乗り　遠くへ行くと　あの人の肩を抱き　あいつはいった　お前にはこの恋を　わかってほしいと　くり返しそういって　あいつは泣いた……この数行で、あのひとと、あいつと、俺がおり、あいつは俺を裏切り、あのひともまたあいつに心を寄せているということがわかる仕掛けである。

この歌は東京音楽祭を獲《と》り、こりゃあ暮れは楽しみだと胸を張っていたから、「襟裳岬」に日本レコード大賞は持っていかれてしまい、口惜しい思いをした。

その年、ぼくは、一回目の疲労が来てひと月ばかり休んだ。御前崎近くの別荘に一人泊り、絵など描いていたのだが、あの退屈は忘れない。四月九日石廊崎震源でM６・９の地震が起こり、ぼくは数日行方不明になった。

暗い時代に咲いた花――「ひまわり娘」

東京の夜が真暗になったことがあった。電力制限である。テレビはこの世の春を迎え、終日どのチャンネルも番組で埋めつくされていたのだが、深夜の放送がなくなり、そればかりか、街の灯も大いなる制限を加えられて、恐いような暗さになった。石油ショックの狂騒曲の始まりである。

一九七三（昭和四十八）年から翌年にかけてで、まさに暗い時代を迎えたのである。そして、その社会の空気に反発するように「ひまわり娘」が誕生した。いや、させた。

「スター誕生！」が完全に軌道に乗り、スカウト合戦も過激気味になり、各レコード会社、プロダクションは指名の歌手を獲得するために、あらゆる知恵を絞るようになった。誤解されると困るが、相手が十三、四歳の少女たちであるから、巨額の金銭が乱れ飛ぶような種類のことではない。そこがスポーツと違う。

熱意を示すのである。今のように親まで一緒に歌手になりたがる時代ではないので、親の信頼を得なければならない。そのため、まず学校をどうするか生活をどうするかの問題があって、そして、どのような企画でデビューするかを競い合ったのである。つまりプレゼンテーションをやるようになった。一つの進歩であろう。

伊藤咲子は、予選では「漁火恋唄」といった抒情演歌で合格したので、このままでは森昌子の系列か、小柳ルミ子のラインかと思われていたのだが、企画で全く違う歌手の道を歩むことになった。

彼女を落札したのが、東芝ＥＭＩの渋谷森久氏と、オフィス・トゥー・ワンであった。オフィス・トゥー・ワンにはぼくがいる。普通のことをやるわけにはいかないと、知恵を絞った。そして、中学生のデビュー曲を、外国人の作曲、編曲しかもロンドンでのレコーディングという案を出したのである。「暗いからさあ、派手なことをやって、パッと明るくしなきゃあね」とぼくらは話し合い、暗い暗い時代と社会に対して「ひまわり娘」を送り出すことにした。企画の過激さはそっちの方で、決して悪い傾向ではなかった。

怪人とも天才ともいわれた渋谷森久氏はそこから本領を発揮し始める。作曲は、東京音楽祭にイスラエル代表で出場していたシュキ＆アビバに、ぼくが「愛情の花咲く樹」を書いた縁で、シュキ・レヴィに作曲を頼んだ。編曲は、初期のビートルズのアレンジをしていたケン・ギブソンにたちまち依頼して、我々はロンドンへ向かうことになった。まだまだそんな作業が平常的に行われる時代ではなく、少女連れの旅はちょっとした緊張の旅であった。

暗い時代は同時にテロの時代で、ぼくらは空港ごとに足止めを喰った。特に、ぼくと伊藤咲子がいけなかった。ぼくは当時如何にもゲリラらしくて仕方がないのだが、伊藤咲子は何を警戒されているのか、それはロンドンへの労働力の流入を警戒しているのであった。「彼女に何をさせる気だ」とぼくらは笑った。

夢の地でのレコーディングのつもりでいたのだが、これがあてが外れ、こちらは炭労ストライキの最中でホテルの暖房も切られている状態で、ぼくは、その部屋の寒さに凍えながら、「ひまわり娘」「夢見る頃」という二曲に詩をつけたのである。

しかし、レコーディングは奇跡的にうまくいった。伊藤咲子の少女らしくもない頑張りと、何かというと「ティータイム」と叫んで休みたがるミュージシャンを説得した渋谷森久の魔法的カンバセーションで彼らを動かしたのである。

「ひまわり娘」は成功した。深夜放送もない時代を少し明るくし、ヒット曲となった。今でも歌われる。気になるのは、イスラエル出身のシュキ・レヴィの作曲印税が受け取り手不明で返されて来るという話である。

第六章　日本人の忘れもの

ミカンとダイダイ

季節を色で思い出す。春には霞《かすみ》のかかった曙《あけぼの》の色、夏には夕立のあとの残照の虹、秋には華やぎを消した山の赤、冬には風走る枯野の淋しい色。季節の色というとそういうことになるが、ぼくが今思うことは違う。

季節が彩る色という意味ではなく、ほぼ条件反射的に記憶装置を稼働させる、いわば、判じ物的な色のことである。

冬を、いや、正月といった方がいいか、この年のはじめの数日間のことを考えると、ぼくは蜜柑《ミカン》の色を思い出す。まあ、現在であればオレンジ色というのが普通であろうが、こんな呼び方をすると正月でなくなる。ぼくらの子どもの頃は橙色と言っていた。ダイダイ色と発音する。もちろん蜜柑色も同格であったが、要するに、この色が生活の中で目立つと正月であったということである。だから、記憶のインデックスになっている。

大晦日とか正月というのが、現在と全く違った。今はただの休日に過ぎないが、かつては、すべてのことに意味合いを持たせて過ごす特別の数日であったのである。

厳粛な誓いも、昂《たかぶ》る志もこの時にあった。それらの気持ちを引き締める儀式とともに、家族の団欒も、気恥ずかしいほどのお洒落も、はては、惰眠も飽食も遊興も――子どものだが――この数日に含まれる。そんなことは近頃思ってもみないことで、高い志から低い怠惰まで何でもありで過ごせたのである。

さて、色である。この正月を思い出す判じ物にオレンジ色――今風にそうしておこう――が点灯するのは、おそらく、注連《しめ》飾りや鏡餅《かがみもち》の上にのっていた橙や、炬燵《こたつ》の上の笊《ざる》に山盛りされた蜜柑によるものだと思う。

正月には蜜柑を食べた。ふだんそれほど食べないのに、その時は指の先が黄色く染まるほど、いくつもいくつも食べた。そして、身震いした。何しろ炬燵の暖と、傍らの火鉢の中の炭だけの熱で、しかも、壁の少ない昔の家だから寒い。寒いのに蜜柑を食べた。律義に震えた。正月だからそうしたのである。

団欒は実をいうと退屈であった。誰も芸などやらないし、特別に饒舌を競うわけでもない。ただ和んでそこにいる。いろいろあったにせよ、家族がこうしてある時間、同じ思いでいるということに、何ともいえない豊かな退屈を覚えていたのである。

だから、それを心と感じるための色まで設定して記憶している。現在は退屈がない。退屈がないのに記憶しない。思い出を持てない時代は、実は不幸で貧しいのである。今。

黄色い爪みつけた

蜜柑をいくつ食べたのか
爪の先を見るとわかる
たとえ皮を隠してごまかしても
指を出せばすぐバレる
そんな冬の夜は背中は寒く
だけど胸は妙にあたたかい
黄色い爪みつけた
黄色い爪みつけた

毛皮の娘たち

今年の冬は格別寒い。たしか暖冬の予測を流し、冬嫌いを喜ばせていたじゃないかと、文句を言っても始まらない。人間や人間が考え出した科学の力を嘲笑《あざわら》うように、あるいは、お灸をすえるかのように、とびきり厳しい冬を持ってきてどうだと言っている。

日本海側の地方の豪雪も毎冬の覚悟を超える壮絶さであるし、それと比較のしようもないが東京でもかなりの雪が積もった。

何だかもう地球上の季節の常識が無意味になったようで、ロシアの中の何とかいう共和国でマイナス六十六度を記録したなどというニュースを聞くと、SFの世界かと思えてしまう。五階建てのビルから地面に届く氷柱となると、もう恐《こわ》くて歌にもならないではないか。

こんな寒さを、気象の専門家よりも早く予知していた人たちがいて、この冬のファッションは毛皮だと、ずいぶん早くから言っていた。何が根拠なのか知らない。ファッション関係者が地球の異変まで見通せると思えないから、廃れた流行の中から、そろそろよかろうかと時効になったものを選んで出してきたのであろう。それが毛皮である。

まだ今年の冬が暖冬だと信じられていた十一月の幸福な頃、この毛皮の奇妙なファッションをずいぶんと見かけた。ノースリーブでミニスカートで、首に毛皮を巻いているという種類のものである。何だかベストのようなものもあって、無理矢理毛皮を身にまとい冬の娘たちを演じている気がした。

防寒という意識はなさそうだった。肩も腕も裸で出ている。さてこの娘たち、厳寒になってからはどのように毛皮とつき合っているのだろうと気にはなったが、確認は出来ていない。

さて、ぼくが意識したのはそのことではない。毛皮そのものである。社会の中のと言ってもいい。流行が廃れるには廃れる理由があって、毛皮の場合ははっきり言って十何年か前――だったと思うが――社会から放逐されたものである。動物愛護を呼びかける人の運動が激しく、特にアメリカでは毛皮反対の女性が厳寒のニューヨークを全裸でデモしたり、ゴージャスな毛皮のセレブが投石を受けたり、ちょっと大変だった。

日本ではそれほどでもなかったが、自粛の空気はあって、持っている人もなかなか堂々と着るわけにはいかなかった。そして、この冬、何事もなく復活、時の流れは、許すものと許さざるものも変動させるらしい。

寒い冬ですが

四季の中で　冬だけを
悪者にしてはいませんか
冬がなければ
秋の眠り場所がなく
冬がなければ
春の生まれ刻《どき》がないのです
だから冬を嫌わないで
だから冬も愛しましょう

引っ越しづかれ

およそ三十年近く住みついていた東京の仕事場を引っ越すことになった。機能的限界を感じたこともあるが、主として気分変えが大きな理由である。ぼくも昨今病気がちだし、年齢も重ねるし、修羅場に恍惚としていられなくなったということだ。

引っ越しはあくまで仕事場の移転で、伊豆の自宅との半々の暮らしは変わらないのだが、仕事場の方を妻との生活も持てる空間にしようという気になった。

さて、引っ越しが具体的になってきて、持って行く物、捨てる物、あるいは誰かに貰ってもらう物の仕分けをするようになって、三十年という年月を感じている。あくまでマンションの一室で、そこでぼくが寝泊まりしていても、生活をしていたのではないわけで、大した数にはなるまいと思っていたのだが、これがあるのである。

家具類は当然古いので処分する。着る物もその気になってこの先着るか着ないかと考えると、確実に半分以下になる。なぜこんな服が処分を免れたかと驚く時代の物が、ハジをかかせに出てきたりする。それは捨てる。

問題は本である。これがいつの間にか積み重なって、一部屋を確実に占領するほどにある。資料のつもりで買った大重量の物から、趣味的に集めた物、そして、贈呈本が山程ある。とてもとても全部を持って行くわけにはいかない。これを移動させると、修羅場を移しかえただけで、埃臭い空気の中で息苦しく過ごすことになる。

仕分けを家人やスタッフに手伝ってもらうと、「これどうします？ 必要ですか？ 捨てますか？」と問われる。これが辛い。切なくもある。答えられないのだ。

必要だといえばすべて必要だし、不必要と決めてしまえばそれで済む。合理的に判断すればそうで、何十巻の全集でも将来開いて読む可能性を考えると薄い。つまり不必要、価値ある物を失っても死ぬことはないのだ。

しかし、そうはいっても一応の線引きは必要で、ぼくは半分にすることを決心する。実は、さらにもう半分にした方がいいのだが、突然優柔不断のヒトになり、「捨て難いなあ」と呟くのである。

それにしても、本の値打ちが全くなくなったようで、ぼくが捨てるにはモッタイナイ、どこかで誰かのお役になどと思っていたまとまった物は、「重い物は売れないんですよ」と本屋さんに言われた。重さは内容の深刻さではなく、目方のことである。

一本の線

一本の線がぼくの風景だった
一本の線は彼の風景でもあった
ぼくの線は水平線
彼の線は地平線
ぼくはどこかへ行くと言い
彼は誰かが来ると言った
それ以上の風景を
そののちぼくらは見たことがない

涙のかたち

日常で泣いている人をあまり見ない。まあそんな気がする。何だか、泣くという浄化作用が自然に行われなくなったように思えるのだ。まるっきりの誤解でもないだろう。

心から悲しみやら歓《よろこ》びやらが、間歇泉《かんけつせん》のように噴き上がり、目からあふれるのが涙であり、泣くという行為である。それがカタルシスとなる。つまり、気持ちがさっぱりするのだ。

どうやら現代人が泣かない——ぼくの主観だが——のは、心に問題があるようだ。心が訓練不足で感応力が弱く、常にシラッとしている。人間を魅力的に磨くには、上手に泣く機能を躍動させることで、それが止まると、カッコよくもなければ、チャーミングでもなくなる。

今は故人だが、友人に上村一夫《かみむらかずお》という劇画家がいて、その昔、若い頃、彼と「泣く」という行為と動態をどう表現するかを、何度か話し合った。ぼくは彼に限って劇画の原作を提供していたのである。

それはともかく、上村一夫は、劇画で難しいのはスピードをどうわからせるかということだと言い「たとえば、涙ね」と、こんなことを話した。

あふれ出る涙の量は何とか表現出来るが、それの流れるスピードとなると、擬音の言葉に頼るしかない。涙があふれ出るさまはジワッと書き、頬を伝う時はツツツーと説明し、その涙が手の甲に落ちる時には、ポタリとかポトリというように書く。

擬音といったが、実際に音のする涙などあるわけがない。それでも、ジワッ、ツツツー、ポタリ、ポトリに不思議を感じない。ぼくも歌では、シクシクとかホロホロと表現するけど、それは音じゃないよね、でも、音のように表現しないと伝わらないよねと言った。

青春は泣いて育つ。辛い思いをするということではない。感じることをいう。純に感じたり、熱く響いたりすると、涙が出る。そういう涙なら魅惑の貯金となるのだ。

さて、泣かない人生はまずいよと、誰かが囁いたのか、最近、泣ける映画がヒットするようになった。必ず泣けると保証された映画に、若者が殺到するようになったのである。いささか条件反射的で、心の作用と思えない涙だが、まあいいか。そういえば、ぼくらが子どもの頃「三倍泣けます。ハンカチを三枚ご用意下さい」という惹句《じゃっく》の映画があった。大人たちは泣きに行っていた。

泣きましょう

泣きましょう　泣きましょう
涙は心を洗ってくれる
泣きましょう　泣きましょう
涙は汚れを流してくれる
悲しいばかりじゃない
うれしい時にもあふれ出る
頬を濡らし　顎《あご》を光らせ
手の甲をやさしくノックする

他人の日記

探していた「古川ロッパ昭和日記」が手に入った。探していたとはいえ、転がり込んで来るのを待っているような物臭《ものぐさ》であるから、ぼくが努力したわけではない。スタッフがインターネットで探し出してくれた。

インターネット忘魂論を唱えているぼくとしては、小癪《こしやく》なことだが、目の前でパソコンをカチャカチャと数アクションしていたと思ったら、ありました、神田のコレコレという書店に三万七千円のセットがあります、と言う。

小癪だが、その威力は認めないわけにはいかない。このさいテーマはインターネットではなく、古川ロッパであるから、手に入れてくれるよう、財布を開きつつ言う。

そして、数時間後、ぼくの前に、「古川ロッパ昭和日記」、戦前篇、戦中篇、戦後篇、晩年篇の四冊がドンと積まれた。

人間のイメージとは偏狭なもので、日記というと小冊子を考える。どうしてもコンパクトな物を思いがちである。ところが、積み上げられた古川ロッパの日記は、それぞれが広辞苑ほどもあるもので、これが日記かよと思わず唸《うな》った。三万七千円という価格からも、小冊子ということはあるまいと、考えるべきであったのである。

日記は、昭和九年一月一日から始まって、昭和三十五年十二月二十五日まで、もちろん、全日分が収められているわけではないが、二十七年間の大喜劇人と昭和の記録である。大辞典ほどになって当然である。

近頃——といってもうずいぶんになるが、小説がつまらなく、生々しく毒々しいだけのノンフィクションも厭《いや》で、いわゆる他人の日記を楽しんでいる。他人の目と心を通過させると、時代が実によく見えるのである。

永井荷風の「断腸亭日乗」をはじめ、添田知道「空襲下日記」、山田風太郎の「戦中派不戦日記」から、焼け跡、闇市、復興期へかけての青春の記録を、面白く読みつづけている。高見順の日記も欲しい。

そして、古川ロッパ。戦前エノケンこと榎本健一と人気を二分した喜劇王の、おそらくは、日記のために生きているかに思える壮絶にして悲壮な滑稽日記に、如何《いか》なる論文にも勝る昭和と昭和人の記録があるのである。

ぼくも二十数年、大手術の時も後日記載で埋めて、ぼく流の日記を書きつづけている。ただし、まだ公開しない。

日記のこころ

眠る前に忘れずに
日記をつけましょう
歯を磨くことを忘れても
日記だけは忘れないで
この日のことはこの日にしかなく
この日を過ぎたら
他人事になってしまうから
必ず　必ず　つけましょう
辛いことは嘘でいいですよ

雨が降ると

雨が降るとコーヒーが飲みたくなる。雨が降ると古本屋へ行きたくなる。雨が降るとフランス映画が見たくなる。雨が降ると友人を訪ねたくなる。雨が降ると手紙を書きたくなる。雨が降ると親孝行の真似がしたくなる。雨が降ると過去を愛おしく思いたくなる。雨が降ると手枕で眠りたくなる。

雨が降ると、と考えただけでもこれくらいのことを思い出す。実際にその通りに行動したこともあるし、律義に反応することもないだろうと、思っただけで済ましたこともある。しかし、いずれにせよ、雨も、感性とか感覚のスイッチの働きをして、何もない生活を少しばかり詩的にしてくれていた。

都会人が自然とともに暮らすということは、なかなか手強いことで、大抵はハードな自然の前に屈服させられる。しかし、自然を感じたり意識して生きることは可能である。

都会人が社会とか時代とか傾向とか、その中で覚える責務に縛られて、なかなか自分のスイッチで動けない時、自然に指揮棒を振って貰えばいいのである。

半分は自分自身がシナリオを書いた「雨が降ると……する」的な催眠術か条件反射で、これは結果的に、ずいぶんと詩的行動を促され、いい気分になることが出来た。

ぼくも、「雨が降ると散歩する」などと、およそ得にもならないことを決めていた時代があった。意味もなく傘をさして彷徨《ほうこう》し、ふと途中で暗示が解けたようなこともあって、思わず苦笑したこともある。雨の日曜日、サラリーマン時代のことである。

自然の指揮棒が振り出すものは、何も雨に限らず、風が吹くとでもいいし、月が出るとでもいいし、森羅万象何でもいい。

さて、そんなことを言いながらぼくも齢《よわい》重ねて、雨が降ると散歩するもままならず、ツンドク状態の本を読むくらいになっている。が、それでも、気掛かりを一つ解消する動機にはなっているのである。

東京の部屋から外を見ると、ここは公園に近いところで、散歩《さんぽ》人《びと》が多く、雨の日でも数が減らない。昔のぼくのように雨の日の夢遊人かと思ったら、違った。雨の日の散歩は愛犬のためのようで、雨の日ファッションの犬たちが、如何にも得意げな顔と足どりで歩いていた。

この犬たちは、別に、雨を生活のスイッチにしているわけではない。

雨の日の電話

ふと席を立って
ちょっと店の外へ出て
電話で話をする
雨の日にかならず嘆く
気弱な恋人の愚痴を聞く
雨のせいよ
雨のせいよ
あなたのせいじゃないと
いってやる

誰が歌謡曲を殺したか

「歌謡曲」の定義はこうである。もっとも、この条件を満たしたものを歌謡曲と称すと定めたわけではないが、ぼくはこう解釈し、意味あるものと考えているということだ。

流行歌とも演歌とも違うし、Jポップスとも違う。ただし、流行歌とも思えるし、演歌とも考えられるし、Jポップス的なところもパーツとしては見つけられる。

つまり、歌謡曲とは趣味趣向によって細分化したジャンルではなく、おそろしくフトコロの広い、器の大きい物なのだ。

要するに、アメリカンポップスもロックも音として呑《の》み込み、それに日本の現代を切り取り、日本人の心を躍らせ泣かせる詞を付けた、歌の総合文化であった。それは完全な和製に仕上げるということである。だから、ぼくらは夢中になり、満々の自信で時代の中の人と風を四分から五分の世界に籠《こ》めたのだ。

歌謡曲全盛時代は一九七〇年代である。その当時の若いプロ作家は、歌的なるものの呪縛から解き放たれ、不可能はないとばかりに、新しいこと、珍しいこと、面白いことを探し、創り、世に提供した。

その歌謡曲が、今死にかけている。誰が歌謡曲を殺したかと、刺激的なタイトルにしたのは、あまりの無残さに危機を感じたからである。歌謡曲が真ん中にドンと座り、右翼に伝統的演歌、左翼に輸入加工のポップスというバランスの筈《はず》であったのが、真ん中がスポッと抜け落ちてしまったのだ。

それはたぶん人々が、歌を歌いたがるが、歌を聴きたがらなくなったからだと思う。聴いて楽しむ習慣が見事になくなった。

歌には、「聴き歌」と「歌い歌」と、「踊り歌」がある。この三つは並列の条件のように思えるが、本来は「いい歌だね」の感想があって、「真似してみようか」になり、「踊ってみるか」になったものである。

「聴き歌」がなくなったのは、みんなが歌う人になり、自分が歌えるかどうかが作品評価の基準になってきたからだと思う。ということは、プロ歌手の圧倒的表現力や、プロ作家の革新的創作力などは、むしろ邪魔になる。ただ気持ちよく歌いやすいものを選ぶ。

それもまあ結構、お楽しみは自由だから文句も言えないが、たまには、プロにしか書けない、プロにしか歌えない歌に驚嘆してみてほしい。食べやすい物ばかりが評価されると、歌謡曲を殺したようにやがて、文学も映画も殺すことになる。

ラジオのある部屋

ラジオから流れる歌の一つに
涙を流したことがある
心をくすぐったフレーズを
忘れないようにと書きとめる
ぼくはハタチ　孤独の部屋で
生きることと
愛することを考えた

同窓会

同窓会の案内状が来ると、「要返」という付箋《ふせん》を付け、〇月〇日までと書いて、目立つところに画鋲《がびょう》でとめておく。一読して出席が不可能であるとわかっていても、すぐに「欠席」の返事を出したくなくて、何とも未練にモラトリアムの期間をつくる。

そのようなことをしても、欠席が出席に変わることはまずないのだが、ギリギリ熟考の末と思いたいのであろう。結果、書斎ではなく、ぼくの寝室の机を置いた壁に、「要返」の案内状が妙に目立って存在することになるのである。

ぼくは小学校、中学校と転校が多く、中には在籍一年というところもあるほどだが、記録にあるのか記憶にあるのか、同窓会の案内状が届く。しかし、それら数校に全部つきあうわけにもいかないので、不義理をつづけている。

一つにはぼくが、転校生のお客様であったという事情にもある。まあ、サアッと現れて、サアッと去って行く月光仮面みたいなところもあったということだ。だから、みんなと記憶を共有している自信がない。面映《おもは》ゆいのだ。

そこへいくと高校は三年間不動であったから、同じ空気を吸ったという思いが強い。それに小学、中学の顔見知りが高校に集約されていることもあるので、こっちの同窓会には結構熱心に出席していた。

何によるのかぼくたちの期は、同窓会もしくは同窓会もどきの集まりが好きで、何かというと集まる。たとえば、ぼくが何かの賞を貰《もら》うと、それが口実といっては申し訳ないが見事に顔をそろえて、かなり盛大に祝ってくれたりするのである。

始まりは、高卒後十五年、三十三歳ぐらいの時で、それぞれが自分の生活に確信を持ち始めた頃で、人数も多く、なかなかにぎやかであった。栄養失調だった戦後の子が、ゴルフの話に花を咲かせるようになったかと、それは一つの感慨であった。

それに味をしめて、ずっと定期、不定期おりまぜながらつづいているのだが、時が経つにつれて話題の中心が変わる。

当初はじけていた仕事の話、ちょっとした男の冒険心の自慢が、いつの間にか家族のこと、子どもの進路の悩みや誇りになり、やがて、同病者を探るが如き誘導尋問をするようになり、病気の告白、そして、誰それが死んだの話にしんみりするようになる。

その頃から、ぼくの出席率は極端に悪くなった。要するに、必然的にたそがれ同窓会ではあるのだが、夕焼け同窓会でとどめたいものだと思っている。

夕焼け同窓会

乾杯のそのあとは青春になり
ほろ苦い想い出も懐しくなり
五十年閉じこめた心を語り
それもこれも手遅れと
笑いましょう
三つ編みの美少女の面影を
たずねたずねる　夕焼け同窓会

本人の証明

「ご本人であることを証明する物を、何かお持ちでしょうか?」と言われると、ほとんどの人が「ああ、持ってるよ。これ」と運転免許証をさし出す。当然それには顔写真も貼付《ちょうふ》されているから、チラッチラッと視線を二点に走らせただけで、「ありがとうございました」と、ご本人の確認、問われた側からいうと本人の証明を果たしたことになる。

よく見る場面であるし、しごく日常的なやりとりである。にも拘《かか》わらずぼくは、これを経験していない。今までのところは顔がきいたか名前がきいたか、ややこしいことは専門家に委託したかで、意識したことがなかったのである。浮世ばなれしている。

ところがある時、ふと思ったのである。思うと深刻になる。つまり、「ご本人であることを証明する物をお持ちですか?」と、生命に関わるような勢いで要求されたら、どうしたらいいのだろうという心配である。

ぼくは粋がり半分、意地半分に反骨と横着を掛け合わせた思いで、何一つ免許証を持っていないのである。誰もが持っている運転免許証がないのだから、これは結構大変である。パスポートも病気している間に期限が切れて無効になり、健康保険証には写真が無いので、確認出来かねますと言われそうである。

近頃、カードになった保険証を使っている人が主流だが、あれには写真があるのだろうか。見せて貰ったことがないし、ぼくのは昔ながらの物である。

それはともかく、証明する物がないと気がつくと結構いやな気分になってくる。存在の腹立たしいほどの軽さを自覚する。「私は私ですよ」が通用しないということだ。

この年齢になって自己証明のために運転免許証を取るのは無理である。そうだ、切れたままになっているパスポートを取ればいいと思ったら、これも申請書類とともに、本人を証明する何かを持参するようにと書いてある。パスポートがほしいのではなく、身分を証明する物がほしいだけなのに、そのために、何かが必要だと言うのだ。まあ、結果、気に染まないところもあるのだが、写真付住民基本カードを作って、とりあえず、「証明されない人」の不安は解消した。

ぼくは筆名と実名で生きていて、筆名の方は幸いなことに本人証明出来るのだが、実名が長々と書いたように難しく、また、筆名と実名のイコールを証明することも、厳密には困難なのである。やれやれ。

ぼくはぼく

ぼくはぼくです
間違える筈がありません
なぜって　本人だから
本人がそう言っているのだから
ぼくはぼくでしょう
それなのに　きみは誰？
きみは何者　証拠を示せなんて
この世はつらいね

女心の唄

秋の空が変わりやすいのは昔からのことで、それを女心のようだとか、男心のようだとか適当に使い分けてきた。論戦めいたことも行われ、どっちかに決めないと気色が悪いと、強引に論陣を張った人もいるが、いやいや、どちらも真実で、どちらも嘘である。つまり、わからないということだ。

男の中には女心を知りつくしていると豪語する人もいるが、そう思う根拠が何なのか、さっぱりわからない。ぼくなどから見ると、女心は理解を超え、しかも、逃げ水のように接近したと思ったら、また遠くにある存在である。わかるなんて畏《おそ》れ多い。

それなら、男心は単純明解かというと、実はわからなさでは同じで、やはり逃げ水、ただし、男の方が狡猾でわかられたふりをする。その方が平和で、幸福で楽だからである。

ある秋の日、変わりやすいとはいえあまりにも極端な一日があって、快晴で明けた筈なのに、一天にわかにかき曇り、地球最後の日を思わせる雷鳴と集中豪雨に呆れながら、ふと、女心、ついでに男心を思い出した。ずいぶん久しぶりのことだ。世の中から、女心も男心もなくなったような気がする。

作詞を始めたのが約四十年前、女心が書けなければ商売にならないと忠告されたが、ぼくはそれを無視するかたちで書き始めた。わかろうとするが、つまるところわからない。わかったふりくらいは物書きだから出来るが、それでは型通りの歌しか書けない。

それならいっそ、わからないことを前提にして、女ではなく、人としてどう振舞い、どういう行動を選択するだろうかという、書き方をすることにした。女がスタスタ歩く。女が顔を上向ける。はっきり言葉にする。泣かない。恨まない。決心する。

初めは、ちっとも悲しくない詞だと言われるし、商売にならないと背を向けられる。それでも、女性からは、カッコいい女を書いてくれた、つまり、女心のトラウマから解放してくれたと喜ばれるかと思ったら、これも、女ってね、違うのよねと言われた。

しかし、わずか二年後、時代が味方してくれるようになった。男の感性で生きる女の女心が常識になってきたのである。

さて、それから四十年、今、女心は……。

こころころころ

こころは　変装する
こころは　化粧する
こころは　保護色になる
こころは　透明になる
こころころころ
こころころころ
本当のこころを守るために
いろんなこころを表に出して
人は誰でも生きている
こころころころ
こころころころ

電車内文化

ぼくの学生の頃は、電車の中では文庫本を読んでいた。それが普通の光景だった。中にはあきらかにビタミン不足の症状でコックリコックリしている人もいるし、昨夜のアルコールがまだ残っているのか、ほとんど半失神で大鼾《いびき》をかいている人もいたが、大方は文庫本を行儀よく読んだ。

これはかなり知的水準の高い光景で、日本人はこのような時にも勉強する心を忘れない、いい民族だと思った。文庫本の内容まではわからないが、当時は文学でも選りすぐりだけが文庫になっていたから、何やら気難しい表情にさせる。電車は混んでいたが、妙に静かだった。

それから数年してぼくはサラリーマンになり、通勤電車の地獄を体験するのだが、もうその頃、あるいはその時間帯かもしれないが、文庫本を読む人はいなくなった。押し合いへし合いの中で何かを読む環境ではないともいえるが、そうでもなく、人々はスポーツ新聞を読み始めた。文庫本よりさらに場を取る新聞を細く縦に折ってまで、他人の背中の間で読むのである。

ぼくがサラリーマンになったのが昭和三十四年だから、前年プロデビューした巨人の長嶋茂雄が野球ブームをつくり、満員電車内の文化まで変えてしまったということだろう。これはテレビ時代とも関連していて、前夜にテレビで見た長嶋茂雄の活躍を朝、スポーツ新聞で確認するという図式である。

これが夕刊だと、プロレスを主にしたスポーツ新聞が、疲れたサラリーマンを鼓舞し、紙面には「昇天」「悶絶」「流血」「憤死」など毎日レスラーが数人死亡しているかのような、大活字が躍った。

その後、社会の変化とともに電車内文化は見事に時代を映して変わっていく。学生たちが夢中になった政治の時代が終わると同時に、いい青年いい大人が一斉に漫画週刊誌を読み始める。日本人の勉強心はどこへ行ったと嘆いていると、バブルの時代が訪れ、経済新聞の細かい数字を追う人が増えてくる。

そうこうするうちに文字を離れ、ヘッドホン・ステレオで音楽を聴く人の、耳からもれるカシャカシャという音に悩まされるようになる。そして、ケータイ電話になり、無言で打ちつづけるメールになり、それならまだいい方で、化粧する人、もの喰う人……嗚呼《ああ》！

だけど電車は走る

哀しみのある人もない人も
吊革にぶら下がり外を見る
今日もまた昨日と同じ顔の
一日がからかいにやって来る
別のどこかで　違う人になり
新しい生き方してみたいのに
だけど電車は走る
いつもの駅をめざして

忘れもの

忘れ物をしたら、探しに行く。探しに行って見つからなければ、さらに推理の範囲をひろげてたずねまわる。それでも駄目なら、告知をして、人の善意と力を借りる。

それでも見つからなければ諦める。ただし、ただ諦めるのではなく、ぞんざいに扱ったことを反省し、見失った物を強烈な思い出にして一生持ち歩く。

大切な物——精神性もあるからものの方がいいかもしれないが——そのくらい拘泥《こだ》わる必要がある。失った後悔と同等の価値を持とうとするなら、そのくらいの思いが必要である。忘れものを忘れてはならない。

さて、ぼくらは一体何をどこで忘れて来たか。それをずっと考えている。ぼくらという書き方をしているが、ぼくの周辺の人たちの意味ではなく、日本人のことである。

ここ何年間かの社会の不条理に満ちた空気を感じる度に、これはもの凄く大切なものを、実にいいかげんな気持ちで忘れて来てしまったせいだと思っている。

つまり、日本人が日本人をどこかに忘れて来たということだ。

今の世、人が人らしくない。心ない人があまりに多過ぎる。かつても悪人がおり、犯罪も数多く起こったが、それらにも痛みを感じた。今はそれがない。おぞましさと不可解さだけを感じる。それはきっと、あるべき姿の共通イメージを失ったことによる。

かつて貧しく、ささやかで、つつましやかであった時には、やさしさや美しさがあった。転べば手を貸すし、よろめけば抱きかかえもし、順番も譲るし、道もあけるし、そんなことは日常の光景として見られた。

貧しさがいいと思ったわけではない。豊かになりたいとは思ったが、それは自分の歩幅に合ったスピードでの一歩一歩の前進だった。そこには健気《けなげ》な姿があった。

ぼくら日本人が忘れたものは、普通の人間の健気さであるかもしれない。一途な思いであるかもしれない。

健気とか一途とかが普通の人間のエネルギーであることを、何かの催眠術によって忘れさせられたのかもしれない。催眠作用だから、こんなに豊かになっても不機嫌で、エネルギーがないのである。

いつ、どこで忘れたか。日本人が愛おしく思えてならない時代はどこか。昭和か。

昭和幻燈

街灯の下で読む手紙
拙《つたな》さも心にしみる
生きることがうれしいと
思える日々が訪れる
時は昭和のなかば過ぎ
街の灯《あか》りもほのぼのと
人の帰りを待ちうける
そんな景色が目にうかぶ

＊初出――第一章～第四章、第六章は東京新聞二〇〇一年十二月三十一日～二〇〇六年十二月五日に「阿久悠のおもいで歳時記」「阿久悠の抒情歳時記」「阿久悠の歌謡歳時記」として、第五章はスポーツニッポン二〇〇七年五月六日～七月二十二日に「阿久悠の昭和ジュークボックス」として連載されました。

阿久悠（あく　ゆう）
一九三七年、兵庫県淡路島に生まれる。明治大学文学部卒業。作詞家として日本レコード大賞ほか、数々の音楽賞を受賞。「また逢う日まで」「北の宿から」「勝手にしやがれ」「ＵＦＯ」など、作詞した曲は五千曲以上におよぶ。作家として、一九八二年『殺人狂時代ユリエ』で横溝正史賞、二〇〇〇年『詩小説』で島清恋愛文学賞を受賞。一九九七年、菊池寛賞受賞。一九九九年、紫綬褒章受章。著書として『瀬戸内少年野球団』『愛すべき名歌たち』『生きっぱなしの記』『清らかな厭世』『夢を食った男たち』『歌謡曲春夏秋冬』『作詞入門』『無冠の父』など多数。二〇〇七年八月、逝去。

昭和と歌謡曲と日本人

二〇一七年一一月二〇日　初版印刷
二〇一七年一一月三〇日　初版発行

著　者　阿久　悠
装　丁　坂川栄治＋鳴田小夜子（坂川事務所）
発行者　小野寺優
発行所　株式会社　河出書房新社
東京都渋谷区千駄ヶ谷二―三二―二
電話　〇三―三四〇四―一二〇一（営業）
　　　〇三―三四〇四―八六一一（編集）
http://www.kawade.co.jp/

印刷・製本　中央精版印刷株式会社

JASRAC 出 1712492-701
ISBN978-4-309-02630-5
Printed in Japan